LES CIGALES EN HÉRITAGE

DU MÊME AUTEUR

Editions Lucien Souny

La Passion selon cinq matous

Le Fils volé

Martine Pilate

LES CIGALES EN HÉRITAGE

Lucien Souny

Editions Lucien Souny, 2012
Les Allois • 87400 La Geneytouse

En cette matinée lumineuse de juillet 1978, la fenêtre grande ouverte laissait entrer la douceur de cet été naissant. Des notes d'une musique atténuée dansaient sur la voix pure de la soprano, emplissant la pièce et s'échappant jusque sous les toits. C'était le moment privilégié de Mathilde, lorsque, en vacances, elle s'attardait à chasser les démons nostalgiques qui continuaient à envahir ses nuits solitaires.

Voilà deux ans que Pierre l'avait quittée, balayant sans appel leurs vingt-cinq ans d'une vie d'amour qu'elle avait toujours crue éternelle. Mais l'éternité n'était pas une notion humaine. Il avait suivi Nicole pour retrouver les élans qui s'étaient émoussés entre eux, au fil des ans.

La rupture de Mathilde et de Pierre consommée, Aline, leur fille, cette enfant dont la venue les avait comblés, en était arrivée à formuler des reproches insoupçonnés. Certes, elle n'approuvait pas le départ de son père, mais elle lui trouvait des circonstances atténuantes : le manque de fantaisie, le côté trop rangé et routinier de sa mère, la banalité des jours auprès d'elle. Des griefs que Mathilde ne parvenait pas à comprendre : comme si le bonheur pouvait être banal... Pendant tant d'années, elle avait cru à la perfection de leur union ! C'était si facile de se laisser bercer dans un quotidien rassurant et feutré.

Mathilde aimait ces heures de transition avant que ne s'impose l'écrasante chaleur de ces grands jours clairs du début de l'été. Le facteur était passé très tôt. Instinctivement, le regard de Mathilde s'enfuyait vers la colline boisée de la Ramasse. Mais, aujourd'hui, il revenait aussitôt se poser sur le billet d'avion qu'elle avait extrait de l'enveloppe bistre, frappée d'un timbre d'outre-Atlantique.

Lorsque, il y avait quelques jours, elle avait reçu cet appel téléphonique des États-Unis, elle avait cru à une plaisanterie de potache et n'en avait parlé à personne. Au fil des jours, elle avait même oublié l'épisode. Or, ce courrier, ouvert devant elle, était bien réel : une invitation, presque une convocation, à se rendre à New York, dans un cabinet d'avocats, celui-là précisément qui l'avait contactée.

Tout était organisé : son vol à l'aller était réservé, celui du retour était en « open », et, dans les deux cas, elle voyagerait en première classe ! Elle serait attendue à l'aéroport ; dans la lettre, on lui précisait l'adresse de l'hôtel où une chambre avait été retenue pour elle. Un formulaire de visa était déjà rempli et prêt à être expédié à l'ambassade américaine à Paris, après qu'elle l'eut signé. Et pour conclure, par le biais de quelques mots manuscrits, l'avocat lui souhaitait un bon voyage.

Perdue dans ses supputations, elle n'avait même pas remarqué que la musique s'était arrêtée et qu'elle avait été remplacée par le grésillement du disque qui continuait à tourner. Quand elle prit conscience que quelque chose manquait à l'harmonie ambiante, elle replaça le bras articulé du plateau sur la même face. *Palmira* d'Antonio Salieri, ce passage où la voix parfaite de la cantatrice, Angie Simon, s'épanchait suavement avec mélancolie. Cet air, particulièrement, avait l'art de la transporter dans un monde estompant toutes les difficultés d'un quotidien désormais envahi par l'absence. Ce disque revêtait pour elle d'autant plus d'importance qu'Angie Simon venait récemment de s'éteindre, emportée, en peu de mois, par une maladie impitoyable.

Mais cette missive captait toute son attention. Il fallait qu'elle en sache davantage. Elle en parlerait à ses parents.

Peut-être eux sauraient lui apporter une réponse. En attendant, elle reconnaissait que cette aventure new-yorkaise la séduisait. Il y avait des années qu'elle n'avait plus voyagé. À bien y penser, depuis que Pierre avait commencé à se détacher d'elle. Elle avait toujours rêvé de s'envoler avec lui, au moins une fois, vers l'une de ces inoubliables destinations paradisiaques. Tandis qu'elle serait confortablement calée dans un large fauteuil réservé aux premières classes, une hôtesse attentive lui servirait une coupe d'un champagne délicatement fruité...

Seulement, depuis ces dernières années, ils étaient systématiquement retournés au même endroit, dans une pension de famille à La Ciotat. Elle aimait sincèrement ce petit port de Méditerranée, d'autant plus qu'il la rapprochait de la famille de son père qui vivait dans cette ville où elle était née, à Saint-Maximin-la-Sainte-Baume. Cependant, plusieurs fois, elle s'y était retrouvée sans Pierre, rappelé intempestivement par son bureau. À présent, elle doutait du motif qu'il avait alors avancé.

En fait, quand Mathilde et Pierre s'étaient rencontrés, ils étaient tous deux étudiants à Montpellier : lui poursuivait des études de commerce international tandis qu'elle se préparait au professorat d'anglais. D'emblée, l'allure désinvolte du jeune homme, son aisance mêlée de tendresse, son élégance naturelle l'avaient séduite. Toujours dans la crainte de décevoir, elle affichait une retenue, voire une timidité, qu'il avait prise pour de la distinction, tandis qu'elle s'émerveillait du fait qu'il s'intéressât à elle.

Ils décidèrent de se marier alors qu'elle venait de terminer, avec succès, son année préparatoire lui ouvrant la porte de l'enseignement supérieur. Ses parents voyaient d'un mauvais œil cette union qui risquait de faire interrompre ses études à leur fille, avant l'obtention d'une licence titularisante. Ils l'avaient mise en garde, mais, devant son insistance et ses promesses, ils avaient fini par céder. Quelques mois plus tard, rayonnante, elle était devenue madame Desprades.

Médecin de campagne, le père de Mathilde, André Bolant, était un homme posé et grave, se départant rarement de son sérieux. Quant à Simone, de près de cinq ans plus jeune que lui, elle adoptait une attitude empreinte de la réserve et de la dignité qui convenaient parfaitement à l'épouse d'un docteur.

Le couple de Simone et d'André était déjà relativement âgé, lorsqu'en 1933 était enfin née Mathilde. Ils l'avaient particulièrement entourée de leur affection, même si André ne se montrait jamais très démonstratif. Son enfance avait été heureuse et laborieuse.

Elle était leur unique fille. Sur quelques photos, dans le grand album de famille, il y avait bien une autre petite fille, dont le visage lui évoquait vaguement quelqu'un et qui se tenait aux côtés de sa mère. Les quelques fois où elle avait interrogé cette dernière, elle lui avait répondu, avec un voile au fond de la voix, qu'elle avait « disparu ». Alors, par peur de raviver une plaie dans le cœur de ses parents, elle n'avait pas posé d'autre question sur cette jeune Angèle qui ne devait compter que peu d'années de plus qu'elle.

Puis les premières troupes allemandes étaient arrivées dans l'Hérault dès le mois de novembre 1942. La famille avait alors connu des moments difficiles, faits de peur, surtout lorsque, son lourd cartable de cuir noir à la main, André partait sur les routes pour venir en aide à une population partagée par des idéologies opposées.

Au cours de cette époque, bousculée par la guerre, Mathilde avait découvert cette appréhension face au monde qui l'entourait et ce sentiment ne l'avait plus quittée. Il fallait toujours faire attention, se méfier, réfréner ses élans. Par contre, ce fut grâce à l'amour de Pierre qu'elle s'était de nouveau épanouie, qu'elle avait retrouvé la spontanéité de sa prime enfance.

Puis, rassurée, petit à petit, elle s'était installée dans le rôle de la mère de famille qui s'efface devant le bonheur qu'elle tisse pour les siens. Elle en avait presque perdu sa personnalité, se laissant aveuglément guider par les désirs et les décisions de Pierre. Il occupait les fonctions de responsable du personnel dans une entreprise d'import-export et, à ce titre, se targuait de bien connaître la nature humaine.

Pourtant, après son mariage, Mathilde avait poursuivi ses études. Mais, dès l'obtention de sa licence, elle s'était consacrée à son foyer, d'autant plus volontiers qu'un heureux événement était attendu. Jamais elle ne s'était rebellée lorsqu'il lui disait : « Ma pauvre chérie, que ferais-tu sans moi ? » Bien au contraire, cette réflexion lui faisait chaud au cœur, la confortait dans sa passivité.

Lorsqu'il y a deux ans il lui avait annoncé qu'il la quittait, après des mois de tiraillements croissants, il lui avait semblé que le ciel s'écrasait sur elle. Elle l'avait supplié, lui avait promis qu'elle changerait. Il n'avait rien voulu savoir. Il était désormais trop tard : une autre l'avait remplacée dans le cœur de cet homme dont elle avait fait son guide.

Il lui avait fallu rompre avec tout ce qui avait été sa vie jusque-là. Elle avait eu du mal à déménager du grand appartement cossu, même si elle ne pouvait plus s'acquitter du loyer et des charges. Elle s'était alors enfuie de la région parisienne et s'était réfugiée chez ses parents, dans le petit village héraultais qui les abritait, depuis que son père avait commencé à exercer la médecine.

À présent, la vieillesse pesait lourd sur les épaules des parents de Mathilde, ralentissant leurs mouvements et les rendant presque fragiles. Toutefois, ils restaient ses références à l'enfance et elle revenait au nid en quête de protection.

La pension que lui versait Pierre, tandis qu'il s'acquittait des frais des études de leur fille, ne pouvait pas lui permettre de vivre décemment, en fait de « vivre » tout court. Elle s'était donc mise en quête d'un travail et, grâce aux relations de ses parents, avait eu la chance de décrocher, assez rapidement, un emploi de professeur d'anglais dans un collège privé de Clermont-l'Hérault.

Elle aurait très bien pu s'installer chez les siens, au village, mais elle tenait à respecter le délicat cocon dans lequel ils s'étaient dorénavant enfermés. Chacun avait ses habitudes. Elle ne se sentait pas capable de se soumettre aux leurs. Par contre, au volant de sa 2 CV, il lui suffisait d'une vingtaine de minutes pour être auprès d'eux.

À sa torpeur succéda une hâte inhabituelle devant cet étonnant courrier venu de si loin. Elle était certaine que ses parents détenaient la clé de cette histoire inconcevable. Quel lien pouvait-il exister entre les Bolant et les USA ?

Malmenée par une impatience grandissante, elle expédia ses tâches habituelles et regagna le petit parking, en bas de la rue Frégère, où elle avait l'habitude de garer sa voiture. Tout le long du trajet, elle échafaudait des hypothèses qu'elle abandonnait aussitôt, ne pouvant y apporter le moindre début d'explication. La route lui parut plus longue que d'habitude. La matinée était déjà bien avancée, lorsqu'elle arrêta son véhicule devant la maison familiale.

Ses parents l'avaient écoutée sans le moindre mot pour l'interrompre dans son récit. Finalement, sa mère, le regard baissé, comme prise en faute, murmura :

— Tu devrais y aller.

Mathilde sentit planer comme une ombre de gêne. Elle eut l'impression de tenir l'extrémité d'une pelote qu'elle pourrait dérouler entièrement si elle insistait. Ce qu'elle fit.

— Ta mère a raison, trancha abruptement l'ancien médecin. Après tout, apparemment, tout a l'air correct. Tu ne risques rien : tu as un billet de retour. Quant à nous, nous ne pouvons rien te dire de plus, ajouta-t-il après un court mais pesant silence.

André entreprit de parler du voyage, dissipant ainsi le trouble équivoque. Bientôt, la conversation s'enflamma sur la découverte, par Mathilde, de cette ville démesurée qui se posait en phare d'un monde ultramodernisé. Lorsqu'elle reprit la route de Clermont, Mathilde avait oublié le malaise qu'elle avait cru déceler.

Son esprit méthodique, voire pragmatique, reprenant le dessus, elle entreprit de préparer ce séjour outre-Atlantique. Elle envoya à l'ambassade à Paris le document adressé par le cabinet américain. Finalement, tandis qu'elle descendait la rue Nationale, la curiosité l'emportant, elle poussa la porte du libraire pour acheter un guide détaillé de New York.

La journée s'attardait, chaude et douce. Elle s'installa sur l'un des bancs abrités par les branches des marronniers, aux larges feuilles dentelées, qui ornaient les allées Salengro. Il était déjà fort tard quand elle se décida à regagner son petit appartement sous les toits.

Fébrile, elle eut du mal à trouver le sommeil, revenant sans cesse sur les mille et une questions qui avaient bousculé sa journée. Pour la première fois, elle en oublia sa triste solitude ; et l'image des gratte-ciel masquait grandement celle de Pierre.

Les quelque sept heures que dura le vol entre Paris et New York s'écoulèrent en fait trop rapidement au goût de Mathilde. Lorsqu'elle débarqua à l'aéroport JFK, elle n'était pas fatiguée. Pourtant, avec le décalage horaire, la journée s'annonçait particulièrement longue. Depuis la voiture qui la conduisait vers la ville, « Big Apple » lui apparut encore plus impressionnante qu'elle ne se l'était imaginée. Les yeux écarquillés, elle essayait de s'imprégner du moindre détail.

Elle n'osait pas poser de questions au chauffeur, de peur de lui paraître bien sotte. Ce fut lui qui lui apporta quelques précisions.

— Votre hôtel est proche des bureaux de messieurs Corks et Wills. Cinq à dix minutes à pied, maximum. À moins que vous ne préfériez que je vous y conduise en voiture, se reprit-il. Le rendez-vous est prévu pour 10 h demain matin.

Il fallut à peine plus d'une demi-heure depuis Long Island pour gagner Park Avenue. L'île de Manhattan, hérissée d'immeubles aux lignes pures, avait quelque chose d'accueillant avec ces squares plantés d'arbres, ces devantures de boutiques abritées de stores aux couleurs vives et cette foule de passants cosmopolites qui envahissait les trottoirs.

Au sortir de la voiture, elle eut l'impression de suffoquer : l'orage menaçait, l'air était pesant et englué d'humidité. Le vaste hall climatisé de l'hôtel la sortit de sa torpeur envahissante. Lorsqu'elle pénétra dans sa chambre, elle retrouva l'excitation de l'aventure au cœur de laquelle elle se trouvait subitement plongée. Jamais elle n'avait envisagé être logée aussi luxueusement. Tout était prévu pour son bien-être : le lit était immense, la décoration particulièrement raffinée.

Après s'être reposée, elle dirigea ses pas vers Times Square. Le soir commençait à voiler les détails de la journée pour offrir un spectacle différent. L'orage s'était éloigné et un petit vent frais se faufilait entre les gratte-ciel. Petit à petit, les néons publicitaires et les enseignes aux couleurs vives envahirent le décor. Les magasins géants ne désemplissaient pas, entretenant cette effervescence constante qui valait à Manhattan son surnom de « Ville qui ne dort jamais ». Mathilde se serait crue « au pays des merveilles » ! Elle ne cherchait plus à comprendre, elle s'étourdissait du spectacle grandiose, à la fois excessif et fascinant, qui s'imposait à elle. Quand enfin, épuisée par une journée de plus de dix-huit heures, elle se glissa entre des draps lisses et frais, elle sombra dans un épais sommeil fait de rêves psychédéliques.

Elle s'était présentée en avance au rendez-vous. Le cabinet, situé sur Madison Avenue, n'était guère éloigné de l'hôtel. Pour la circonstance, elle avait revêtu son tailleur des « grandes occasions » – une coupe classique dans un tissu clair – sur un léger corsage soyeux au ton plus foncé, accompagné du sac Hermès que Pierre lui avait offert pour ses quarante ans. Au cou, elle portait le rang de perles qu'elle avait reçu de ses parents pour la naissance de sa fille Aline. Ses cheveux lissés et légèrement laqués lui conféraient cette allure convenable qu'elle s'était toujours efforcée d'entretenir pendant sa vie maritale.

Quelques minutes plus tard, un couple se joignit à elle, dans la salle d'attente. La jeune femme, certainement à peine plus âgée qu'Aline, était très à l'aise. Habillée d'une soie délicate et aérienne, elle portait des bijoux d'une grande valeur. Ce mélange de sophistication et de désinvolture concrétisait la différence des mondes dans lesquels chacune des deux femmes évoluait. Le doute revint assaillir Mathilde qui se recroquevilla, regardant avec envie l'aisance de l'Américaine qui glissait sur elle, sans discrétion, des regards interrogatifs, presque désobligeants. La langue n'était pas une barrière pour Mathilde. Aussi avait-elle saisi les quelques apartés formulés à son sujet. Cependant, elle se garda bien de riposter.

— Maître Corks vous prie de bien vouloir entrer.

Après les salutations d'usage, les vérifications des identités, l'avocat ouvrit le dossier qu'il avait devant lui et en sortit une lettre manuscrite.

— Mesdames et monsieur, nous sommes réunis ici pour prendre connaissance du testament de madame Ginette Robin, plus connue sous le pseudonyme d'Angie Simon.

À l'évocation du document, Mathilde sursauta. En quoi cette succession pouvait-elle la concerner ? Ce nom officiel de Ginette Robin n'évoquait rien pour elle. Par contre, elle resta stupéfaite à l'évocation de la soprano dont les trilles l'avaient toujours subjuguée. Elle faillit intervenir, mais se retint sur un signe discret de l'avocat.

— Tout d'abord, avant de vous lire ce document rédigé de la main même de la défunte, je tiens à vous préciser, à sa demande, que, devant une éventuelle contestation de ses dernières volontés, son héritage irait, alors, à des œuvres de bienfaisance dont elle a elle-même dressé la liste. Elle n'aurait accepté aucune discussion. Vous avez donc, mesdames ses héritières, tout intérêt à l'accepter tel qu'il a été établi par Ginette Robin.

Selon l'usage, il précisa que cette rédaction avait été faite sans contrainte et en parfaite lucidité. Angie Simon, qui n'avait plus reparu sur scène depuis plusieurs mois, en raison de la dégradation de son état de santé, avait appris le peu de temps qu'il lui restait à vivre et tenait à tout mettre au point avant sa disparition.

— En ce qui vous concerne, madame Barbara Kates, sa fille, épouse de monsieur John Kates, ici présent, voici donc ce qui vous revient…

La liste des possessions qu'elle léguait à cette enfant était longue. Le seul mariage qu'elle avait contracté s'était soldé par un divorce qui avait, alors, fait la une des journaux mondains.

— « En ce qui concerne mes biens en France – l'appartement sis rue Murillo à Paris 8e, ainsi que son contenu, le terrain de Saint-Maximin-la-Sainte-Baume, acquis en mars 1976 –, reprit l'avocat, ils deviennent la propriété de Mathilde née Bolant. Elle bénéficiera des droits sur toutes les productions françaises de mes interprétations… »

Mathilde avait perdu le fil de l'énumération depuis qu'elle avait entendu citer cette ville du Var où, précisément, elle avait vu le jour. Tout se bousculait dans sa tête. D'une main tremblante, elle signa les feuillets qu'on lui présentait. Le rendez-vous touchait à sa fin et les deux femmes reçurent chacune un dossier ainsi qu'une copie de l'acte de décès de Ginette Robin. Elle aurait aimé interroger la fille d'Angie, mais, devant l'air pour le moins contrarié que celle-ci affichait, elle s'en abstint.

Maître Corks retint Mathilde après le départ du couple. Il lui remit une épaisse enveloppe renforcée et scellée ainsi que les documents attestant ses droits de propriété. Devançant la question qu'il lisait dans le regard de celle-ci, il s'empressa d'ajouter d'une voix calme et ferme :

— Même si notre cabinet est l'exécuteur testamentaire de madame Simon, je n'ai jamais été son confident. Par contre, soyez assurée que j'ai fidèlement suivi ses instructions, précisa-t-il devant l'incompréhension évidente de Mathilde.

— Madame Simon avait également réglé par avance tous les frais de sa succession en ce qui vous concerne. Votre chambre est réservée et payée pour la semaine. N'hésitez pas à en profiter et, si vous avez besoin d'une aide quelconque, je reste à votre entière disposition, ajouta-t-il en guise de conclusion.

Elle regagna avec hâte l'Hôtel du Parc. Le souffle court, elle brisa le sceau de l'épais pli. Elle espérait y découvrir une lettre, un mot, quelque chose qui justifierait cet héritage. Elle étala le contenu sur le lit. Il s'en échappa un étui de cuir fauve et lisse contenant diverses clefs. Chacune d'elles portait une étiquette cartonnée, sur laquelle était mentionnée une destination. Elle sursauta à la vue d'une enveloppe blanche. Son cœur se mit à battre plus fort. Aussi déçue qu'intriguée, elle gardait les yeux rivés sur le bristol qui ne précisait que l'emplacement d'un coffre-fort dans l'appartement parisien et son code d'ouverture. Elle vérifia une seconde fois s'il ne restait aucun autre document qui aurait pu lui échapper. Elle ne trouva rien d'autre.

Mathilde était sur une autre planète, hors du temps, essayant d'estimer la valeur de cette manne inopinée. Elle sortit finalement de ses errances pour retomber dans ses interrogations. Instinctivement, elle avait fait le rapprochement entre Angie et Angèle, cette petite fille sur la photo dans l'album de famille. Était-elle sa sœur ? À peine plus de treize ans la séparaient de la cantatrice décédée. Ses parents lui avaient parlé d'une « disparition » ; à bien y repenser, il ne s'agissait pas d'une mort, comme elle l'avait alors pensé. Mais cette hypothèse ne tenait guère face à ce prénom de Ginette. Toutefois, une petite voix, du plus profond d'elle-même, lui susurrait qu'Angèle restait la clef du mystère. Et quel était le lien avec cette ville du Var où elle était née ? Il ne pouvait pas s'agir d'une simple coïncidence !

Avant de quitter les États-Unis, Mathilde s'octroya quelques jours à New York. Perdue dans la mouvance de la foule, la découverte de lieux qu'elle ne connaissait que de nom, le contraste des immeubles qui se perdaient dans le ciel, alors que les échoppes du monde entier s'ouvraient sur les trottoirs, elle vivait pleinement l'instant présent. Sa curiosité provisoirement reléguée, et toujours animée de son sens du concret, elle s'efforçait de profiter pleinement de ces vacances inespérées.

Les questions recommencèrent à l'assaillir alors qu'elle était confortablement installée dans l'avion qui la ramenait vers Paris. Comme beaucoup, elle connaissait, du 8e arrondissement, principalement les Champs-Élysées. Elle ne savait pas situer cette rue où précisément se trouvait l'appartement dont elle détenait dorénavant les clefs.

Sa surprise allait croissante tandis que le taxi s'approchait de l'aristocratique parc Monceau, un quartier cossu et élégant qu'elle n'avait qu'occasionnellement fréquenté.

Plantée sur le trottoir, elle restait interdite devant l'immeuble où l'avait déposée le chauffeur de taxi. Elle vérifia le numéro : c'était bien sa destination. Le bâtiment néo-classique s'élevait sur cinq étages, imposant et majestueux. Une porte cochère, ornée d'une élégante grille noire ouvragée, s'ouvrait sur un hall qui conduisait à une cour intérieure.

Puis tout se déroula très vite : la concierge, informée de son arrivée imminente, se proposa de la conduire à son appartement. Il était situé au tout dernier étage. Mathilde suivit la gardienne dans l'étroite cage de l'ascenseur aux grilles travaillées en volutes. Elle essayait d'écouter les informations qu'elle lui donnait. Cependant, son cerveau, bousculé et curieux jusqu'à l'anxiété, n'arrivait pas à enregistrer la moindre consigne. Elle essayait vainement de faire le vide dans sa tête.

L'appartement était plus petit que ce que à quoi elle s'attendait. Par contre, il était d'une rare fonctionnalité, d'une chaleur accueillante et incomparable. Chaque objet y avait sa place et avait dû être choisi avec soin. Son aménagement avait certainement été conçu par un décorateur qui avait su rendre utile le moindre recoin. Du hall d'entrée, on accédait sur la gauche à la salle de bains ; une étroite cuisine se trouvait face à la porte qui donnait sur le palier, tandis que celle de droite débouchait sur un salon, puis sur une chambre. Aux murs étaient accrochées quelques photos d'Angie, le visage très fardé, dans ses plus prestigieuses représentations. Une collection impressionnante de disques, dont de nombreux enregistrements de ses interprétations, remplissait le côté d'une bibliothèque en bois exotique, au brun chaud et veiné.

Son regard s'arrêta sur le centre de table. Une bouffée de chaleur l'envahit devant le rectangle de tissu matelassé, orné de délicats motifs fleuris sur un fond écarlate. La présence de cette cotonnade provençale estompa l'impression incongrue qu'elle ressentait dans ces lieux. Elle caressa lentement la pièce de tissu, pour le simple plaisir de la reconnaissance : une indienne, certainement authentique, d'un beau rouge, que la qualité de la teinture à la garance avait préservée des siècles.

Le temps d'un bref intermède, elle se retrouva, en pensée, à Saint-Maximin, auprès de sa tante qui l'avait initiée, depuis son plus jeune âge, à l'histoire et aux techniques de ces tissus venus des Indes à la fin du XVIIe siècle.

S'extirpant de sa rêverie, elle replongea dans son inspection. Elle n'eut aucune difficulté à trouver le coffre derrière une toile abstraite aux couleurs primaires, une œuvre originale signée Jasper Johns, peintre américain en vogue. Ses mains tremblaient. Le cœur battant la chamade, elle inspecta son contenu, certaine d'y découvrir la raison de ce legs.

Sur l'étagère supérieure reposaient des écrins renfermant des bijoux de grande valeur, au milieu desquels elle repéra une petite bague de métal argenté, semblable à celle que lui avait offerte autrefois sa tante. L'anneau était griffé, pour avoir été souvent porté, mais la gravure du nom et l'effigie de Marie Madeleine restait parfaitement visibles. De la partie intermédiaire, elle retira des liasses de francs et de dollars, tandis qu'en dessous elle trouva plusieurs dossiers étiquetés relatifs aux contrats français d'Angie et à ses avoirs auprès de sa banque française.

Une chemise cartonnée retint tout particulièrement son attention : il s'agissait du plan de situation du terrain de Saint-Maximin-la-Sainte-Baume. Il fallait qu'elle comprenne. Tandis qu'elle s'en saisissait, une feuille, visiblement arrachée à un cahier, s'échappa. Quelques phrases manuscrites y étaient jetées, sans rature, vraisemblablement écrites spontanément.

« L'enfance m'ayant été refusée, comment aurais-je pu comprendre ce qu'était une mère ? J'aurais dû accepter que cette histoire soit la nôtre, mais je n'ai pas su. L'ignorance a fait taire l'amour. Je t'en demande pardon. »

L'émotion gagna Mathilde devant ces quelques mots tout simples, empreints de désarroi. Elle revit la désinvolture de la jeune Américaine dans le cabinet de l'avocat. Les liens ne lui avaient semblé guère étroits entre la fille et sa mère. Un instant, l'idée de faire parvenir ce bref message à l'enfant d'Angie l'effleura. Elle ne connaissait pas son adresse, mais le cabinet d'avocats new-yorkais s'en chargerait. Cependant, du plus profond d'elle-même émanaient des objections diffuses mêlées à un sentiment de malaise. Après voir délicatement passé sa main sur les quelques lignes, comme pour essayer d'entrer en contact avec la chanteuse disparue par le biais de ces caractères appliqués et serrés, elle replaça le feuillet là où elle l'avait trouvé.

Elle avait d'abord eu l'impression d'être une voyeuse qui s'introduisait dans une intimité qui ne lui appartenait pas. Surtout lorsqu'elle ouvrit la penderie où était soigneusement rangée une garde-robe raffinée et coûteuse. Il lui semblait que la vie ne s'était pas arrêtée, que la cantatrice ne tarderait pas à pousser la porte de ce havre qu'elle avait façonné à son image et qu'elle la regarderait comme une subalterne, une femme de chambre.

Après quelques hésitations, elle enfila l'un des tailleurs : il était un peu large, mais, après quelques retouches, elle pourrait le porter sans problème. Elle ne résista pas à extraire, de sa house, le manteau de fourrure et, l'essayant, constata qu'il lui allait parfaitement. Ainsi vêtue, elle se planta devant le miroir. Essayant de ramener ses cheveux courts sur la nuque, elle prit une pose qui ressemblait à celle d'Angie sur l'une des photos. Il lui sembla retrouver le même sourire et elle ressentit comme un malaise.

Elle aurait aimé se glisser dans la peau de cette femme célèbre qu'elle avait toujours admirée. Même habillée de ses vêtements, et installée dans son appartement, elle n'en était qu'une mauvaise copie. La personnalité affirmée d'Angie se reflétait sur son visage, dans l'éclat de son regard vif et profond, dans sa posture assurée. Mathilde, à l'inverse, n'était que doute et amertume, un être sans charisme qui se posait en victime, tandis que la chanteuse appartenait à la race des gagnants.

Pourtant, elle se sentait à l'aise dans cet appartement, comme s'il avait été conçu pour elle. Il la protégeait du monde extérieur et lui redonnait confiance. Il lui fallait apprendre à changer, à s'accepter elle-même pour en arriver ensuite à accepter les autres et trouver sa véritable place parmi eux. Le destin lui offrait, là, l'occasion de franchir un premier pas pour s'échapper du carcan dans lequel, en fait, elle s'était laissé enfermer sans réagir. Cependant, elle ne parvenait pas à intégrer l'idée que cette réalité présente n'avait rien d'une aventure fugace.

Avant de s'endormir dans les draps au satin caressant, ses pensées s'envolèrent vers Pierre. Elle aurait aimé pouvoir se confier à lui et partager avec lui tous ces événements. Peut-être lui reviendrait-il ? Toutefois, une question s'imposa à elle : le retour de ce mari inconséquent serait-il motivé par l'énigme qu'était devenue sa destinée, ou par l'importance de l'héritage, ou encore tout simplement par leur amour qu'il ne pouvait pas effacer ? Elle écarta rapidement cette dernière hypothèse : le prénom de celle qui l'avait remplacée résonnait dans sa tête. Pour la première fois, elle inversa les rôles et se demanda si Pierre devait encore avoir une place dans sa vie.

Depuis deux jours qu'elle était arrivée à Paris, à plusieurs reprises, Mathilde avait vainement essayé de joindre ses parents au téléphone. Ce silence lui parut inhabituel. Elle commençait à s'inquiéter et songea à appeler la pharmacienne qui officiait au rez-de-chaussée de la maison familiale.

Ce matin-là, elle s'était levée avec un mal de tête perturbant qui lui dissimulait toute chose derrière un brouillard pesant qu'elle ne parvenait pas à dissiper. Elle n'aimait pas cette sensation obsédante et prémonitoire qui s'emparait d'elle, à chaque fois que quelque chose de désagréable survenait dans son quotidien.

Elle envisagea d'écourter son séjour rue Murillo. De toute façon, elle avait besoin de prendre du recul pour assimiler tout ce qu'elle était en train de vivre, apprendre à s'adapter et à s'organiser et, surtout, essayer de comprendre.

La matinée était déjà bien avancée, lorsqu'enfin ses tentatives d'appel aboutirent. D'emblée, le soulagement et la joie l'envahirent lorsqu'elle entendit son père. Mais cela ne dura qu'une fraction de seconde lorsqu'elle perçut qu'il s'exprimait d'une voix brouillée, comme s'il avait pleuré.

— Ta mère a été transportée à l'hôpital, à Montpellier. Elle a fait une hémorragie cérébrale. Elle est toujours dans le coma.

Les mots arrivaient, lapidaires, hachés, brutaux. La gorge nouée, André Bolant ne cherchait pas à la choquer : il lui était tout simplement difficile de parler. En tant que médecin, il était parfaitement conscient de la gravité de l'état de son épouse. Ce qui angoissa d'autant plus Mathilde.

Quelques heures plus tard, elle débarquait, sous un soleil écrasant, à l'aéroport de Montpellier-Fréjorgues et prenait immédiatement la direction de l'hôpital Gui de Chauliac. L'impatience s'était emparée d'elle et elle dut se retenir pour ne pas houspiller le chauffeur de taxi qui se faufilait tant bien que mal en dépit des multiples travaux urbains qui ralentissaient l'allure.

Néanmoins, elle ne se rendait pas compte qu'elle pourrait brutalement perdre sa mère. Pour elle, ses parents étaient immortels et elle n'avait jamais envisagé une échéance déchirante : « La vie est l'éternité du présent. » Elle n'en comprit la fragilité que lorsque, par la vitre de la salle de réanimation, elle aperçut sa mère allongée sur l'étroit lit-cage impersonnel, des appareils de contrôles branchés sur sa poitrine dénudée.

— Cela fait déjà près de quarante-huit heures que votre mère est dans le coma. Il est fort peu probable qu'elle en réchappe et, dans ce cas, malheureusement, ce ne se sera probablement pas sans dégât.

Mathilde gardait les yeux fixés sur ce corps inerte. Non ! Sa mère ne pouvait pas s'en aller ainsi, disparaître alors qu'elle avait encore tant besoin d'elle, tant de choses à lui raconter. Elle s'étonna de l'égoïsme de sa réflexion. Mais, avec la perte de sa maman, n'était-ce pas justement son enfance qui s'échappait à jamais ? Ce lien rassurant qui la guidait et la faisait grandir pouvait-il se briser irrémédiablement ? La mort n'avait pas le droit de la lui enlever, elle lui appartenait.

Mathilde se mit à penser à sa fille, Aline. Quelle serait sa réaction lorsque viendrait son tour, alors que cette dernière, du haut de ses vingt-deux ans, lui répétait qu'entretenir le passé c'était ne pas savoir vivre avec son temps. Son cœur se serra à l'idée qu'elle puisse souffrir à son tour et qu'elle en soit la cause.

Elle sursauta : une larme s'échappait du coin de la paupière fermée de Simone. Une larme, grossissant et coulant vers l'oreille, une larme lourde d'espoir. Enfin, une preuve de vie !

À près de quatre-vingts ans, André Bolant s'estimait désormais trop âgé pour affronter la circulation de Montpellier. Il dépendait donc de la bonne volonté des uns et des autres. Et apparemment, jusqu'à présent, il avait toujours trouvé quelqu'un pour le conduire jusqu'à l'hôpital. Mais ce jour-là, informé de la venue de sa fille, il était resté au village, à l'attendre.

Pour la première fois, il parut vieux à Mathilde, fragile et brisé. Avec des hoquets plein la gorge, il se répétait sans y prendre garde, retraçant dans les moindres détails ces dernières journées, sombres et angoissantes. Il se laissa aller dans les bras de sa fille, cherchant plus une protection qu'un réconfort. Les mots n'étaient pas nécessaires pour exprimer ses peurs.

Mathilde, le cœur envahi de tendresse pour ce père qui lui avait donné la vie et qui avait été son guide attentif, essaya de le rassurer et évoqua cette réaction qu'avait manifestée Simone. Il se reprit, face à ce désespoir dont il s'était laissé envahir, alors qu'il n'avait jamais toléré cette faiblesse pour son entourage.

Lorsque, finalement, il l'interrogea sur son voyage à New York, Mathilde lui parla de l'héritage sans entrer dans des détails qu'elle trouvait indécent d'étaler dans la situation présente. Elle crut le voir se raidir quand elle évoqua sa donatrice. Bien qu'elle en mourût d'envie, elle ne lui posa aucune question. Le moment n'était guère opportun. Dès que sa mère irait mieux, elle partirait pour Saint-Maximin ; là-bas, sa tante détenait peut-être des éléments qui lui permettraient enfin d'y voir plus clair.

Le téléphone sonnait fréquemment : des amis, des proches qui venaient aux nouvelles. À chaque fois, André reprenait les mêmes explications, s'égarant dans des détails qu'il était surprenant d'entendre de la part de cet homme habituellement circonspect. On aurait dit qu'il avait besoin de se répéter, peut-être pour mieux s'imprégner de la réalité ou, tout simplement, pour évacuer ses craintes.

Lorsque Aline appela, depuis Marseille où elle habitait, poursuivant un stage dans le cadre de ses études d'ingénieur, il passa le combiné à Mathilde. En entendant la voix de sa fille, celle-ci se sentit comme soulagée. La jeune femme se proposa aussitôt de venir en fin de semaine. Depuis qu'Aline avait quitté le domicile familial et menait une vie de couple, leurs relations avaient pris une autre dimension. Paradoxalement, l'éloignement les avait rapprochées, malgré leurs personnalités différentes. Parfois, Mathilde regrettait la détermination de sa fille. Toutefois, dans ce cas-là, l'idée de sa présence la rassurait. Ainsi, elle ne serait plus seule à affronter cette situation contre nature où le père devenait l'enfant.

Aline l'interrogea sur son voyage. Elle lui répondit évasivement, taisant instinctivement l'héritage qu'elle venait de faire. Il y avait trop de points obscurs et d'interrogations. Elle se sentait fatiguée et désorientée et n'avait pas envie d'affronter les multiples questions légitimes qu'entraînerait l'étrangeté de son histoire. Il était encore trop tôt et, qui plus est, le moment n'était guère propice.

Jour après jour, Simone revenait à la vie, très doucement, par petites étapes. Mathilde consacrait beaucoup de temps à son père. Elle le conduisait fréquemment à Montpellier. Pourtant, au bout de la deuxième semaine passée à Clermont-l'Hérault, elle constata que celui-ci avait repris le dessus et qu'il s'était organisé. À la limite, la fréquente présence de

Mathilde à ses côtés le gênait et il se laissait parfois gagner par l'énervement. Dans un tel contexte, il était bien évident qu'elle n'obtiendrait guère d'informations sur son éventuel lien avec Ginette Robin et qu'il valait mieux laisser le couple se refermer sur lui-même.

De son côté, Mathilde songeait un peu plus chaque jour à se rendre dans le Var, auprès de sa tante Henriette, devenue Bolant par son mariage avec le frère aîné d'André. Cet oncle s'était, lui aussi, consacré à la médecine tandis qu'Henriette, une ancienne couturière, se penchait désormais avec passion sur la restauration de ces indiennes dont elle avait précisément retrouvé une pièce dans l'appartement parisien d'Angie. Depuis leur arrivée à Saint-Maximin, le couple avait toujours vécu sous l'ombre protectrice de la basilique, dans l'une de ces demeures anciennes, aux épais murs de pierre, qui ouvrait sur la place Barboulin où se dressaient encore, imposants et rassurants, des pans entiers des anciens remparts de la ville.

Les vacances d'été permettaient aux familles de se rapprocher. Les parents de Mathilde louaient une petite maison à la limite de la bourgade, le long du chemin de l'Argérie, proche de la route qui s'échappait du Montfleury en direction de Nans et de Saint-Zacharie, pour filer, ensuite, vers Marseille.

Mathilde gardait des souvenirs attendris de ces longues marches pour regagner le centre, des senteurs fortes des herbes séchées qui craquaient sous les pieds, des immenses platanes qui abritaient la place Malherbe. Elle aimait s'y retrouver lorsque, en août, après un voyage qui prenait des allures d'expédition pour la petite fille qu'elle était alors, son père les conduisait auprès des siens. Lui n'y restait que deux semaines, jamais plus, en raison de ses obligations, tandis que Simone et Mathilde y passaient le mois entier.

En juin 1940, elle venait tout juste d'avoir sept ans lorsque le gouvernement capitulait devant l'Allemagne et l'Italie. Rapidement, la peur s'installa aussi bien en ville que dans les campagnes. Le rationnement s'imposait et la famine sévissait particulièrement dans les villes. Cet été-là, et ceux qui allaient suivre, les Bolant étaient restés dans leur village héraultais. Une fois la paix enfin revenue, les liens s'étaient renoués avec le Var, peut-être même encore plus soudés qu'avant, comme pour rattraper ces quelques années d'éloignement.

Il était fort tôt lorsque Mathilde s'installa au volant de sa voiture. À la sortie de Clermont, la plaine s'ouvrait devant elle, luxuriante et réveillée par la fraîcheur matinale, striée de rangs de vigne au dense feuillage d'un vert presque bronze. Tandis qu'en fond de décor les collines d'Aumelas imposaient leur barrière naturelle.

Malgré la perspective de longues heures de conduite, elle se sentait légère. À présent, les vergers abrités de haies de cyprès avaient succédé aux prairies rasées du foin de juillet. La plaine de la Crau s'étirait, plate steppe aride et pâturée, dans une monotonie qui ramenait Mathilde vers ses questions. Sa quête de vérité atténuait le goût amer de sa solitude. Après une brève étape à Salon-de-Provence, elle entama la dernière partie de son périple.

La montagne Sainte-Victoire apparut enfin, porte d'entrée millénaire aux falaises escarpées et calcaires qui se dressaient en une muraille protectrice, dominée par la large croix de Provence. Le relief se vallonnait. Les vignes chevelues couraient le long des coteaux. On aurait dit que les brûlures de l'été n'avaient pas de prise sur la nature exubérante de cette « Provence verte ».

La fatigue se faisait sentir. Il lui tardait à présent d'arriver, de retrouver sa tante et de se confier. Elle s'interrogea sur ce dernier point, alors qu'elle avait si peu raconté à sa propre fille... L'ombre d'une culpabilité l'effleura. Elle avait besoin d'écoute et de réflexion. Elle avançait telle une amnésique à la recherche de sa mémoire disparue. Elle ne voulait pas être bousculée, mais simplement aidée et rassurée. Elle se raisonna en se disant qu'Aline appartenait désormais, elle aussi, au monde des adultes et que, outre l'amour qu'elle lui vouait, elle pouvait dorénavant ajouter un sentiment d'amitié tout aussi profond.

Mathilde dépassa l'arrière de la basilique Sainte-Marie-Madeleine et gara aisément sa voiture sur la placette, face à la maison d'Henriette Bolant. Depuis la porte d'entrée, restée entrouverte, lui parvenaient ces odeurs de pébrons garnis d'une farce aillée, fragrances d'une enfance insouciante qui l'assaillirent, simples petits bonheurs qui illuminaient le quotidien.

La dernière fois que Mathilde avait revu sa tante, c'était à la triste occasion de l'enterrement de son oncle, il y avait déjà près de quatre ans. Elle la retrouva telle que dans ses souvenirs : petite femme vive et alerte, au léger embonpoint. Ce deuil semblait l'avoir à peine fanée. Pourtant, Mathilde s'aperçut bien vite que l'époux décédé était toujours présent, aussi bien dans la maison que dans le cœur et la vie quotidienne d'Henriette. Son portrait trônait en bonne place sur le manteau de la cheminée, dans un cadre doré dont un angle était barré d'un crêpe noir. Mathilde ressentit un léger pincement : jamais elle ne connaîtrait ce partage ni cette éternité avec un homme.

Elle évoqua ce testament, passa sur les détails trop intimes de l'appartement parisien. Elle mentionna ce terrain qu'elle voulait visiter, mais, par contre, elle tut les droits qu'elle recevrait. Ce n'était pas qu'elle eût honte de cet argent si facile ; cependant, il paraissait souvent discriminant et parfois sale, quand on ne l'avait pas gagné à la sueur de son front, surtout dans ces campagnes aux préjugés ancrés.

Devant l'étonnement de sa tante, Mathilde comprit rapidement qu'elle ne devait pas s'attendre à trouver auprès d'elle des éclaircissements conséquents. Elle insista sur le nom de Ginette Robin. Celui-ci n'évoqua rien à sa tante qui ne voyait pas, non plus, l'éventuel lien d'Angie Simon avec les Bolant. Toutefois, aucun détail n'était à négliger. Elles passèrent en revue les grands événements familiaux et en arrivèrent à la naissance de Mathilde.

— Cette année-là, tes parents étaient arrivés vers Pâques. Ta mère avait besoin de repos. Sa grossesse était déjà bien avancée. Ton père préférait la voir ici. Surtout qu'il ne la laissait pas seule. Il y avait aussi une petite qui était déjà venue avec eux en vacances à Saint-Maximin. Et, en cas de nécessité, ton oncle était médecin et moi j'étais là aussi, pour aider.

Mathilde tressaillit en entendant Henriette évoquer la présence d'une enfant aux côtés de sa mère. Aussitôt, l'image d'Angèle s'imposa à elle, cette fillette retrouvée dans le grand album de photos et dont ses parents refusaient de parler.

Fouillant sa mémoire, après quelques hésitations, Henriette vint confirmer son pressentiment :

— Je commence à me faire vieille. J'oublie les noms. Laisse-moi réfléchir... Je crois bien qu'elle s'appelait Angèle !

L'estomac de Mathilde se contracta, comme sous l'effet d'un choc inattendu. Enfin, quelqu'un évoquait cette Angèle inconnue qui de fantôme devenait réalité. Elle avait besoin de savoir à quel titre elle avait partagé leur vie. Elle se mit à espérer qu'elle pourrait la guider sur la piste de cet impensable héritage. Soudain, une crainte se nicha en elle, lui vrillant l'estomac. Pour avoir été caché, ce qu'elle risquait de découvrir n'entacherait-il pas son monde familial ?

Tout se bousculait en elle, la ballottant d'une idée à une autre sans lui laisser le temps d'approfondir la moindre de ses supputations. Elle eut du mal à calmer son trouble et à se reprendre. Il ne fallait pas qu'elle interrompe le fil du récit de sa tante.

Elle ne manquerait pas de revenir sur la fillette dès qu'elle aurait pu en apprendre davantage sur les raisons qui avaient poussé sa mère à venir accoucher loin de l'Hérault où résidait sa toute proche parentèle. Henriette gardait des souvenirs suffisamment précis pour les évoquer sans trop d'hésitation. À cette époque, Simone Bolant, toujours très active, gérait, outre sa maisonnée, la petite officine du village. La clientèle se montrait peu soucieuse des horaires d'ouverture. La pharmacie se trouvait au rez-de-chaussée de leur maison, et les escaliers se révélaient bien raides à la fin de la journée. Il était donc tout à fait logique qu'André souhaitât en éloigner son épouse, enfin grosse après tant d'infructueux essais de maternité.

— En fait, je me souviens que ton père, après avoir installé ta mère, assistée de cette petite Angèle, avait regagné l'Hérault. Il ne pouvait pas laisser trop longtemps à un remplaçant le soin de son cabinet. Par contre, il est revenu à Saint-Maximin un peu avant l'accouchement, pour le cas où tu aurais eu envie de prendre un peu d'avance. On aurait dit qu'il le pressentait. Le travail venait de commencer lorsqu'il a fait appeler ton oncle : avec deux médecins, ta mère était dans les meilleures mains possibles.

Henriette gardait un air soucieux, à la recherche d'un souvenir qui lui échappait. Après un court silence, elle ajouta en riant :

— Il me semble bien que, le temps que ton oncle arrive auprès de tes parents, tu étais déjà née, tant tu étais pressée de découvrir le monde !

Tout ceci n'apportait pas grand-chose à la recherche de Mathilde. Elle écouta sa tante lui parler de ses premiers jours, de la joie des époux enfin parents, des problèmes d'allaitement qui contrariaient vivement l'accouchée. Elle décida alors d'orienter la conversation sur Angèle.

— Angèle ? Oui, elle avait suivi ta mère. Elle lui était bien utile d'ailleurs, cette minotte. En plus, timide et très discrète, elle se montrait peu. Elle était mignonette. Elle avait déjà accompagné tes parents une, voire même deux fois, il me semble bien. À ce que j'en sais, c'était une enfant délaissée que ta mère avait prise sous son aile. Par contre, autant que je me souvienne, après ce séjour pour ta naissance, nous ne l'avons plus revue.

Cette dernière remarque intrigua Mathilde. Toutefois, elle ne put guère en apprendre davantage, sa tante lui avait livré tout ce qu'elle savait.

— Tu peux rester un peu, ma Nine, si tu veux, lui avait proposé sa tante. Tu ne me gêneras pas ; au contraire, ça me fera de la compagnie.

Et Mathilde était restée. Tous les jours, elle s'échappait en direction de Nans-les-Pins et gagnait le quartier du Recours. Chaque fois, elle ressentait la même émotion que ce premier matin, lorsqu'elle était partie à la recherche du terrain dont elle venait d'hériter.

Elle suivait l'étroit et sinueux ruban goudronné qui s'enfonçait dans une garrigue où les cades se mêlaient aux troncs courts et tortueux des chênes verts. Au détour d'un virage, quelques villas modernes surgissaient, entourées d'un jardin dont l'entretien contrastait avec l'exubérance de leur écrin naturel. Plus loin, sur la droite, démarrait un tronçon de chemin, difficilement carrossable, qui grimpait dur jusqu'à la limite d'un ciel lavande, tout au bout du « rompe-cul », comme l'avait appelé le cantonnier qui lui avait indiqué l'endroit. Là-haut, elle était chez elle.

Jamais elle n'aurait soupçonné le spectacle qui allait s'offrir à elle, la première fois qu'elle s'y était trouvée. Quand elle le découvrit, la fascination avait opéré d'emblée. La matinée était claire et la vue dégagée portait par-delà la ligne découpée des Préalpes, laissant deviner, en fond de décor, les premières arêtes escarpées du massif des Écrins. La forêt descendait jusqu'aux abords de la ville qui s'articulait autour de la basilique, vaste vaisseau gothique dont la silhouette trapue dominait l'enchevêtrement des toits aux tuiles brunies par le temps et ses caprices.

Plus loin, le village de Seillons se dressait fièrement en haut de son promontoire, murs de pierre claire qui tranchaient dans le vert bronze de l'épaisse futaie qui couvrait les collines. À l'est, le relief s'adoucissait : les cimes arrondies des Alpes provençales et du massif des Maures se profilaient en voussure plus claire, avant de disparaître derrière les premiers contreforts du massif de la Sainte-Baume dont la crête d'un bleu presque noir barrait l'horizon méridional.

Par prudence, elle préférait garer sa voiture, en contrebas, et gravissait, un peu plus lestement à chaque fois, les quelque deux cents mètres de cette voie sans autre issue que l'azur et la garrigue exubérante et indomptée. Des premiers travaux d'aménagements avaient ordonné la pente accentuée du terrain : la majeure partie avait été aplanie, permettant ainsi une future construction ; un dénivelé formait une restanque naturelle, piquetée d'un bouquet de pins d'Alep et envahie, jusqu'à la partie inférieure du terrain, de hautes herbes séchées, de grumes et de rapégons.

Face à cette immensité, à la limpidité d'un ciel balayé par un vent léger, elle s'évadait d'un quotidien fait de conventions dans lesquelles elle s'était enferrée. Un sentiment de liberté s'emparait d'elle, lui faisant perdre les notions de temps et d'espace. Elle respirait profondément. Il lui semblait que les fragrances de rose et de jasmin qui, selon la légende, s'échappaient de la sépulture de Marie Madeleine, en se répandant tout autour de la basilique, montaient alors jusqu'à elle. Elle savourait ce spectacle grandiose et unique qui lui appartenait. Ses espadrilles écrasaient au passage les branches desséchées et cassantes du thym et de la sarriette sauvages, développant des senteurs incomparables. Elle avait trouvé son jardin d'Éden.

Il lui arrivait d'y monter jusqu'à deux fois dans la même journée. Ces moments d'évasion lui étaient très vite devenus indispensables. Ils lui apportaient la paix, une ébauche vers l'acceptation d'elle-même, pour se projeter dans un avenir plus serein. Elle retrouvait sa capacité à rêver. Là-haut, elle n'était plus la femme délaissée qui n'arrivait pas à se reconstruire.

Elle avait fait l'acquisition d'une carte IGN et repérait ces lieux-dits et ces villages dont les noms résonnaient à ses oreilles depuis son enfance. Elle revivait toutes ces histoires d'un quotidien que les anciens ponctuaient d'anecdotes gaies ou tristes, de légendes contées sous le sceau du secret, qui avaient bercé ses vacances d'enfant et qui restaient gravées au tréfonds de sa mémoire.

De derrière la colline lui parvenaient en sourdine des tintements de clochettes d'un troupeau. Elle n'était pas encore partie à la découverte de l'autre versant. Un après-midi, alors que le soleil était encore haut dans le ciel, elle entreprit de s'y aventurer. Elle ne redoutait pas une longue marche et, de toute façon, elle ne pouvait que se trouver sur la route de Saint-Zacharie, pensait-elle.

Les aspérités du relief l'obligèrent à s'éloigner plus qu'elle ne l'aurait voulu. Désorientée, elle s'arrêta pour essayer de se repérer avec précision. Aurait-elle foulé cette herbe d'égarement qui, selon cette légende que sa tante, autrefois, lui avait moult fois contée à sa demande, avait conduit Orsane à la caverne de l'ours ?

Presque en sourdine, des notes de musique s'envolaient au gré du vent, libres et légères, accompagnant la danse aérienne des papillons jaunes. Pourtant, elle ne distinguait personne à la ronde. Alors qu'elle s'apprêtait à rebrousser chemin, elle remarqua la présence d'un chat au pelage plus noir que blanc. Il se tenait assis, droit sur son arrière-train, les yeux posés sur elle. Il l'observait d'un regard sans crainte, à peine étonné, insistant, comme celui des myopes pour affiner leur vision. Il ne bougea pas quand Mathilde le sollicita de s'approcher d'elle.

Par contre, lorsqu'elle fit le premier pas, il se dressa fièrement et, lui tournant le dos, entreprit de s'en aller. Elle remarqua alors sa forte claudication – il ne s'appuyait correctement que sur trois pattes – ainsi que le bout de sa queue mutilée. Instinctivement, elle décida de le suivre.

Dissimulée par un bosquet de chênes verts et de pins, elle découvrit l'arrière d'une bâtisse basse et allongée, visiblement un ancien jas. Les notes de musique se faisaient plus précises. Il lui sembla reconnaître l'aria des *Variations* de Bach, une interprétation sobre et lente qui rappelait celle de Glenn Gould, qu'elle avait si souvent écoutée. Pourtant, malgré la dextérité et le talent de l'interprète, celui-ci paraissait buter sur certaines mesures.

Chez les Bolant, la musique classique avait toujours occupé une grande place. Très jeune, Mathilde avait accompagné ses parents à Montpellier, pour écouter les grandes œuvres données à l'Opéra. Se retrouver devant l'imposant théâtre, face à cette place de l'Œuf dominée par le regard de pierre des trois Grâces du haut de leur piédestal, ajoutait au mystère et à la beauté du spectacle. Adolescente, Mathilde aurait aimé intégrer une chorale, mais ses études primaient et ses parents s'étaient montrés trop réticents pour qu'elle persistât dans sa demande. Par contre, elle possédait une grande culture musicale dont, à son grand regret, n'avait pas hérité sa fille Aline.

Elle contourna la maison et s'arrêta, surprise. La bergerie avait été rénovée avec beaucoup de goût. Elle s'ouvrait par de larges baies vitrées sur une terrasse abritée par une dense treille de vigne en berceau. Les doigts d'un homme plus très jeune couraient lestement sur les touches d'un piano à queue, laqué de noir. Immobile, elle l'écouta égrener les notes. Sa main gauche était quelque peu maladroite. Il ne la remarqua pas d'emblée et, lorsqu'il prit conscience de sa présence, il interrompit son jeu sans précipitation.

— Comment êtes-vous arrivée jusqu'ici ? lui demanda-t-il sans même lever les yeux sur elle.

Elle s'excusa. Au son de sa voix, il sursauta comme sous l'effet d'une morsure de serpent. Il se reprit aussitôt et la dévisagea. Ébranlé, il tenait à cacher le trouble qui s'était emparé de lui. Elle était si différente… Cependant, quelque chose émanait d'elle, indéfinissable : le mouvement des lèvres, la tombée des paupières… Il avait entendu dire que chacun avait un sosie dans le monde. Pourtant, elle ne ressemblait pas au fantôme que, l'espace d'un très bref instant, il avait cru revenu. Elle n'en était qu'une très lointaine copie.

Le regard de l'homme restait dur et froid. Bafouillant presque, elle lui expliqua qu'elle s'était égarée et que ces *Variations* de Bach l'avaient conduite jusqu'à lui. Visiblement, il n'appréciait guère que l'on vienne troubler sa quiétude. Toutefois, il se montra interloqué quand elle lui cita précisément le morceau qu'il venait d'interpréter. Il essaya de se montrer aimable, mais le ton n'y était pas.

À son tour, elle perçut sa surprise quand elle lui parla du terrain dont elle était devenue propriétaire. Toujours dotée d'une sensibilité à fleur de peau, elle ressentit comme un trouble qui plana l'espace d'un instant. D'un regard, qu'elle voulut discret, elle inspecta la pièce. Les livres et les disques s'empilaient au milieu de bibelots précieux et d'un mobilier étonnamment raffiné pour le lieu. Visiblement, c'était le domaine d'un musicien. Sur une étagère, un sous-verre l'interpella. Elle crut y reconnaître Angie Simon, vraisemblablement lors d'une remise de prix. Elle était accompagnée d'un homme en smoking qui ressemblait fort au personnage qui lui faisait face dans cette pièce.

— C'est Angie Simon ? Vous la connaissiez bien ? s'enquit-elle, le souffle court.

Il éluda la question comme s'il ne l'avait pas entendue. Sa contrariété confinait presque à l'agressivité. Il avait besoin qu'elle s'en aille.

— Au bout du chemin, vous longez la grande vigne sur votre droite. Vous retomberez dans le Recours. Suivez la route qui démarre là ! Vous en avez pour un bon quart d'heure de marche.

Désemparée par cette sèche mise à la porte, elle s'engagea sur le chemin indiqué, après un petit mot pour le chat qui continuait à l'observer. Arrivée à hauteur de la route, elle aperçut une boîte aux lettres fixée au portail : « Serge Belin. » Ce nom lui évoqua très vaguement quelque chose. Il lui semblait qu'elle l'avait déjà entendu. Fouillant sa mémoire, elle ne parvint pas à se souvenir.

En ville, on ne savait pas grand-chose de Serge Belin. Beaucoup ignoraient même sa présence et rares furent ceux qui purent l'évoquer devant Mathilde. Cependant, elle finit par apprendre que, deux fois par semaine, il se rendait dans un centre de rééducation fonctionnelle où il apprenait la musique aux enfants hospitalisés.

Tandis qu'elle passait devant la vitrine d'un magasin de disques, elle fut prise d'une inspiration soudaine. Elle poussa la porte sans hésitation. D'instinct, elle se dirigea vers le rayon réservé à la musique classique. Après quelques phrases d'usage, elle en arriva à la question qui lui brûlait les lèvres :

— Serge Belin ? Vous connaissez ?

Le souffle court, les nerfs à vif, elle n'avait pu lâcher que ces quelques mots très brefs.

— Oui, bien sûr. C'est un compositeur. Il n'a jamais rien enregistré pour son propre compte, mais quelques voix célèbres ont interprété ses morceaux.

Mathilde avait besoin d'en apprendre davantage. Le disquaire, trop heureux d'évoquer ce monde musical, ne se fit pas avare de commentaires, d'autant plus qu'il comptait Serge au nombre de ses clients.

— Parfois, il lui arrive même de travailler pour de grandes voix de l'opéra qui veulent s'essayer à un autre registre.

— Avec Angie Simon? ne put s'empêcher de lâcher Mathilde.

— Effectivement, il me semble bien qu'il y avait l'une de ses compositions dans le répertoire moderne qu'elle avait enregistré et que l'on vient d'ailleurs de ressortir depuis sa mort.

Mathilde était à la limite de l'étourdissement. Dans cette boutique, préservée de l'animation de la rue, une nouvelle fois, sa route s'orientait vers la cantatrice disparue. Se trouvait-elle en face d'un nouvel indice?

En tout cas, il était évident que les routes de ce serge Belin et d'Angie s'étaient croisées. L'homme en lui-même ne l'intéressait guère, mais il l'avait connue et, puisqu'elle ne parvenait pas à glaner des informations la reliant à celle-ci, à présent, elle voulait découvrir quelle avait été sa vie de cantatrice. Peut-être ainsi parviendrait-elle à trouver le fil qui la conduirait jusqu'à cet éventuel lien qui justifierait la situation présente.

Serge Belin croyait avoir appris à maîtriser ses émotions. Et voilà que quelques simples mots faisaient ressurgir une palette de sentiments qu'il pensait éteints. Il avait cru qu'avec la disparition d'Angie se terminait cette histoire qui avait bousculé sa vie et l'avait tant meurtri. En fait, déjà près de dix ans s'étaient écoulés depuis que tout avait basculé et qu'il s'était retiré dans ses garrigues varoises.

Angie et lui s'étaient connus en 1947. La jeune femme avait, alors, à peine vingt-huit ans, mais commençait à s'imposer dans le monde lyrique. Elle avait été retenue pour figurer parmi les huit chanteurs solistes qui devaient interpréter *Le Viol de Lucrèce*, au Théâtre de la Monnaie à Bruxelles, célèbre maison d'opéra qui accueillait les plus belles voix. En tant que chef de chant, Serge Belin accompagnait au piano les solistes dans leur préparation vocale. Angie et lui avaient travaillé avec une passion partagée, et elle s'était pliée, sans réticence, aux remarques sans concession et aux conseils stylistiques qu'il lui apportait.

À cette époque, la remarquable voix de soprano d'Angie restait encore trop prisonnière de ses années d'études au conservatoire. Elle possédait une haute technique vocale et respiratoire, mais, malgré l'aigu de ses notes, elle ne parvenait pas à maîtriser toutes les subtilités qui suscitaient les plus fortes émotions. Il l'avait guidée, souvent avec exigence, pour qu'à force de technique ses faussets deviennent irréprochables et s'affirment avec un tel naturel qu'ils occultaient le travail long et répétitif, mais nécessaire.

Serge ne voyait pas la femme en Angie, mais la cantatrice, dotée d'une voix d'une rare beauté, qui pouvait trouver sa place dans le cercle très fermé des divas. Leur collaboration confiante les avait conduits à une estime réciproque et sincère, et menait Angie sur les chemins de la réussite. Elle avait décroché un contrat au Teatro Colón de Buenos Aires, particulièrement recherché par les chanteurs d'opéra, notamment en période hivernale. Tout naturellement, elle avait demandé au pianiste de l'accompagner sur cette lointaine terre inconnue. Ce théâtre à l'italienne, à l'acoustique parfaite, accueillait les plus grands interprètes : depuis Enrico Caruso, Anna Pavlova ou Maria Callas. Cette étape s'avérait déterminante dans sa carrière internationale et les conseils de Serge lui étaient indispensables, tant pour la guider dans l'interprétation de son rôle que pour la rassurer sur ses capacités vocales. Puis, au fil des années, le tandem s'était affirmé et ils ne s'étaient, professionnellement, plus quittés.

S'il connaissait tout d'elle sur ses facultés d'assimilation, ses talents de tragédienne, son aisance à tenir la scène et sa détermination, il ignorait quasiment tout de sa vie privée, à l'exception de ce que la presse pouvait en rapporter. D'ailleurs, il ne s'étendait pas, non plus, sur la sienne. Angie ne se confiait pas. Elle appréciait les raouts et les mondanités, mais prêtait peu le flanc aux ragots, d'autant plus que sa passion musicale et la rigueur qu'elle s'imposait dans son travail occupaient une place prépondérante dans son existence.

On ne lui connaissait guère d'aventures sentimentales, tandis que Serge papillonnait allègrement, visiblement peu intéressé par une vie de couple régulière. Toutefois, ce dernier se livrant peu, la retenue de la chanteuse lui convenait parfaitement.

En 1952, Angie avait épousé un industriel américain qui possédait une superbe demeure dans le Connecticut. Pour leurs noces, il lui avait offert un appartement à New York, dans le quartier de Broadway, qui regroupait de multiples théâtres dans lesquels se produisaient les artistes d'élite. En effet, il était bien conscient qu'elle n'abandonnerait pas le chant et il était fier de sa célébrité. Cependant, il ne souhaitait pas la voir repartir sur les grandes scènes internationales. Serge avait alors craint qu'elle ne renonçât à sa carrière prometteuse au profit de ce foyer nouveau. Il n'en fut rien, même si Angie déclina quelques contrats intéressants, lorsqu'elle sut qu'elle était enceinte.

Il profita de cette époque où elle s'éloigna de la scène, pour la guider dans des interprétations plus courtes, enregistrées auprès de grandes maisons de disques. Il alla même jusqu'à lui composer une adaptation sur un rythme de jazz qui remporta un succès mémorable.

Quelques mois après la naissance de sa fille, Angie reprit la route des grandes maisons d'opéra, s'efforçant de retourner auprès des siens dès qu'elle en avait la moindre occasion. Toutefois, elle avait un besoin impératif de sentir sous ses pieds les planches de ce grand vaisseau où les techniciens et les artistes partageaient la même aventure et une même passion. Et rapidement les contrats recommencèrent à s'enchaîner.

Il avait rencontré Giuglietta, en 1960, à Milan, lors d'une mémorable tournée qui avait conduit Angie sur la scène mythique de la Scala. Il avait déjà quarante-six ans, tandis qu'elle était sa benjamine de 14 ans. Ce séducteur, en apparence indifférent, était tombé sous le charme de ce tempérament italien, mêlant sérieux et fougue, voire imprévu, qui surprenait et émerveillait son calme naturel d'homme du Nord.

La jeune femme s'était taillé une bonne place dans l'équipe des costumières, grâce à son inventivité et à son sens du détail, n'hésitant pas à discuter de pied ferme avec le metteur en scène. Elle passait sans rechigner de la création à la retouche pour personnaliser au maximum les costumes du spectacle.

À peine quatre mois plus tard, ils s'étaient mariés et elle l'avait suivi sur les chemins du monde. Ils vécurent des années de passion, parfois tumultueuses, dignes de la *commedia dell'arte*.

Angie s'amusait à les voir cheminer. Giuglietta la prenait parfois pour confidente, un peu comme une grande sœur. Chacune jouait un rôle très différent auprès de Serge qui évoluait avec aisance, de l'une à l'autre, continuant à dissocier travail et famille. La vie du couple fut un tourbillon de voyages entrecoupés de quelques escales, mais surtout une union scellée par un amour possessif.

Alors qu'elle avait accepté de se produire à Marseille, Angie les avait entraînés jusqu'à ce qu'elle appelait « le pays de sa chèvre d'or », cet animal mythique à la toison et aux cornes d'or, gardienne d'un fabuleux trésor entreposé autrefois par les Sarrasins au fond d'une grotte, et que chaque coin de Provence s'attribuait. Il suffisait de moins d'une heure de conduite, le long d'une route qui suivait les méandres de l'Huveaune, aux eaux cristallines, sous les ombrages d'arbres centenaires et de buissons sauvages. Plus haut, la plaine et ses vignes apaisaient le voyageur et, sous la protection d'une Sainte-Baume massive, le conduisaient jusqu'à Saint-Maximin.

— J'y suis venue autrefois… Il y a bien longtemps. Un jour, je m'y installerai. C'est là que je veux faire le bilan de ma vie, là où tout a commencé… leur avait confié Angie.

Ils n'avaient jamais pu en savoir davantage. Par contre, Angie leur conta ces légendes qui couraient dans la campagne et qu'elle avait conservées au fond de son cœur, depuis une enfance qu'elle ne livrait jamais. Elle les guida au travers d'une ténébreuse forêt de chênes et de hêtres séculaires, le long d'un chemin entrecoupé d'épaisses marches de granit gris, jusqu'à la « *Baumo* » sainte, cette grotte qui donna son nom au massif montagneux pour y avoir abrité Marie

Madeleine. Une légende faite de merveilleux autour de la pécheresse repentie, devenue sainte, qui y avait vécu les trente dernières années de sa vie sans s'alimenter, avec pour seul vêtement sa longue chevelure qui lui descendait jusqu'aux pieds.

Deux jours d'une échappée qui les avait plongés dans un voyage quasi irréel, un espace fabuleux et intemporel, sous la magie duquel ils avaient succombé. Ils en étaient revenus profondément charmés par le chant estival des cigales, la limpidité lavande du ciel, les caresses d'un vent étésien et toutes ces légendes qui se mêlaient au quotidien.

Angie souhaitait acquérir un terrain d'où elle pourrait contempler à loisir le village, ainsi que continuaient à l'appeler ses habitants, malgré son développement qui en faisait dorénavant une belle ville se déroulant d'abord frileusement, puis langoureusement autour de sa basilique. Dans sa tête, elle avait déjà les plans d'une petite maison qui s'agrifferait à la colline.

En fait, ce fut Giuglietta et Serge qui trouvèrent, les premiers, ce nid qu'ils cherchaient pour y abriter leur amour: une bergerie de pierres crues, au toit moussu, qui disparaissait sous une nature indomptée après des années d'abandon. Face à eux, la crête de Recours s'estompait en s'enfonçant dans l'ondoyant vallon de la Figuière. Ils étaient arrivés à destination.

Cette maison représentait cet enfant refusé par Serge. Deux passions emplissaient sa vie: la musique et Giuglietta. Cette dernière souhaitait une maternité, mais Serge redoutait que la venue d'un bébé n'amputât ses amours exclusives et n'entravât sa liberté.

De son côté, le mari d'Angie supportait de plus en plus mal cette situation qui tenait sa femme si souvent éloignée du domicile conjugal. Il n'hésitait plus à se consoler dans des bras plus disponibles. Il devenait évident que le couple s'effritait. Leur fille grandissait loin de sa mère qui courait le monde.

Pourtant, à sa manière, très maladroitement, Angie aimait cette enfant qu'elle avait désirée. Malgré tout, avant d'être mère, elle se sentait d'abord cantatrice et en arrivait à oublier ses devoirs élémentaires. La petite atteignait ses seize ans lorsque son père, qui envisageait de refaire sa vie avec une épouse plus casanière, décida d'introduire une demande en divorce.

Cette nouvelle frappa de plein fouet Angie, d'autant plus qu'elle apprit en même temps le refus de la Fenice de Venise, l'un des temples de l'opéra italien, qui depuis longtemps déjà faisait rêver la cantatrice. Il lui sembla que, subitement, tout s'écroulait devant elle. Ce lien familial, qu'elle croyait acquis, se rompait irrémédiablement, détruisant ses repères affectifs. En outre, il y avait aussi cette porte qu'on claquait devant elle, alors qu'elle s'attendait à être reçue avec honneur. À tout cela s'ajoutaient également la fatigue accumulée pendant tant d'années de travail acharné, ce trouble permanent qu'elle portait en elle et ces rides qu'elle gardait depuis l'enfance, les fractures de son adolescence, tout ce qu'elle avait toujours tu.

Elle s'écroula alors que son maître de chant la reprenait, une fois de plus, sur une phrase musicale qui n'aurait pas dû lui poser de problème. Les sanglots la secouaient. Un gémissement guttural, presque une plainte animale, retentit dans la pièce. Jamais Serge ne l'avait vue dans un pareil état. Il la croyait inébranlable. Elle était blessée et laissait échapper sa douleur.

Instinctivement, il s'approcha d'elle, la prit dans ses bras comme un enfant que l'on cherche à consoler. Lequel des deux perdit pied le premier ? Lorsque Giuglietta ouvrit la porte, elle les trouva enlacés, s'embrassant presque avec violence. Elle resta quelques secondes figée, incapable de prononcer le moindre mot. Ce ne fut que lorsqu'elle claqua la porte derrière elle qu'ils se rendirent compte qu'elle les avait surpris.

La prostration de Giuglietta, penchée sur la table de cuisine, se transforma en fureur, tandis que Serge essayait maladroitement de se justifier. Aux larmes amères succéda une explosion verbale aux accents typiquement latins. Au moment où il essaya de la prendre dans ses bras, elle se retourna violemment, brandissant vers lui un couteau qui se trouvait malencontreusement à portée. Devant cette violence inattendue, il chercha à s'en emparer. Sa main gauche ripa sur la lame qui s'enfonça dans la face palmaire, causant une plaie profonde. Le sang coulait, chaud et épais, sous les yeux ébahis des deux époux.

Le médecin sollicité ordonna une hospitalisation. Les muscles fléchisseurs étaient apparemment endommagés. La blessure s'avérait sérieuse et l'on pouvait s'attendre à des séquelles handicapantes.

Malgré ses supplications, Giuglietta n'avait pas voulu rester auprès de son mari. Elle avait besoin de faire le point, prendre du recul, assimiler ce faux pas, même si elle ne l'admettrait jamais. L'idée d'une rupture lui était insupportable, inconcevable. Cependant, elle ne se sentait pas capable de pardonner aussi facilement. Elle voulait le maintenir dans le doute, l'entretenir dans la crainte de la perdre, afin qu'il n'y ait jamais de seconde fois. Ainsi concevait-elle sa vengeance à elle et sa punition à lui.

Elle regagna Milan, retournant chez ses parents auxquels elle se garda bien d'avouer cette déception qu'elle vivait comme un échec. Serge lui avait téléphoné à maintes reprises : elle avait besoin de temps, lui déclarait-elle, mais chacun de ses appels était un pas de plus vers son retour auprès de lui.

Le froid mordait. L'hiver s'installait tandis que les rues s'illuminaient de guirlandes colorées. Partout, on préparait

Noël. Elle lui avait dit qu'elle le rejoindrait pour les fêtes, essayant de se maîtriser et d'afficher un semblant de détachement.

En cet après-midi du vendredi 12 décembre 1969, il y avait foule sur la place du Duomo, sous le regard bienveillant de la Madonnina qui, depuis les hauteurs dentelées de la cathédrale, semblait veiller sur la ville. Les chalands se pressaient devant les riches vitrines, dans ce « salon de Milan » que représentait la galerie Victor-Emmanuel, éclairée par sa coupole de fer et de verre.

Giuglietta venait de contourner le Duomo et arrivait place Fontana, où se trouvait la Banca dell'Agricoltura. Elle y avait gardé un compte bancaire. Elle avançait, tranquille, lorsque la bombe éclata, semant la terreur, la mort et la désolation parmi l'importante foule présente. Cadavres et blessés jonchaient le sol maculé du sang des nombreuses victimes. Rapidement, les secours s'organisèrent. On dénombra seize personnes tuées et plus d'une centaine de blessés, parmi lesquels figurait Giuglietta. Deux jours plus tard, elle succombait à son tour à ses blessures, gonflant le nombre de ces innocents assassinés par des anarchistes fanatiques.

La violence de la perte de son épouse et ses deux doigts qui ne fléchiraient plus entraînèrent Serge vers une profonde dépression dans laquelle il sombra sans résistance. Il lui fallut de longs mois pour revenir à une réalité brutale, d'autant plus qu'une importante chéloïde douloureuse privait dorénavant son index et son majeur de leur fonction motrice. À cinquante-cinq ans, sa carrière de chef de chant s'achevait et il avait perdu celle qui partageait son existence.

Il s'était retiré à Saint-Maximin, dans ce nid où Giuglietta avait prévu de revenir. Dans les mois qui suivirent la disparition de son épouse, Serge ne voulut plus rien savoir du monde dans lequel il avait évolué jusque-là. Puis, petit à petit, il sortit de sa torpeur et orienta sa carrière professionnelle vers la composition et l'arrangement musical avec un talent jamais démenti. Bien vite, il retrouva le sérieux dont il avait toujours fait preuve dans son travail et chercha la paix du cœur, dans sa bergerie protégée par la Sainte-Baume.

Paradoxalement, cet homme qui avait refusé la paternité œuvrait à présent auprès d'enfants frappés par la maladie ou les accidents de la vie, et pour lesquels la musique s'avérait une échappatoire dans leur univers douloureux.

Pendant ce temps-là, Angie poursuivait sa carrière internationale avec, toutefois, le regret de ne plus avoir à ses côtés ce chef de chant qui avait toujours si bien su la guider. En fait, elle éprouvait toujours une certaine gêne à l'égard de Serge, une sorte de culpabilité dans le drame qu'il venait de vivre. D'autant plus que ce geste insensé, qui les avait jetés dans les bras l'un de l'autre, n'était que la folie d'un moment de souffrance et d'égarement. Elle n'avait jamais été amoureuse de lui. Il était des moments où les sens prenaient le dessus sur la raison et les sentiments. Elle se le reprochait et, connaissant sa détresse, elle ressentait un besoin fort de l'aider, sans savoir comment s'y prendre.

À la confiance qu'elle lui avait toujours accordée s'était ajoutée une amitié indéfectible, même si elle ne l'exprimait guère. Elle n'aimait pas écrire. Par contre, elle lui téléphonait régulièrement, ne serait-ce que quelques instants. Au début, ses appels irritaient Serge. Puis, avec le temps, il finit par les apprécier. Certes, il n'attendait pas après eux, mais ils étaient les bienvenus et le raccrochaient à cet univers de musique auquel il continuait, d'une manière désormais différente, à appartenir.

Angie continuait donc à vivre sa passion. Toutefois, sans les repères que Serge lui avait toujours imposés, elle avait parfois du mal à s'intégrer à une nouvelle troupe. Elle se montrait irritable, parfois même capricieuse.

Sollicitée par de grandes maisons d'opéra américaines, elle finit par s'installer, de manière permanente, à New York. Cette solution lui convenait d'autant plus qu'elle lui permettait de se rapprocher de sa fille qu'elle ne revoyait qu'en de rares occasions. À cause de ses nombreuses absences, les liens s'étaient distendus. À présent, elle aurait souhaité que leurs relations fussent un plus étroites. Elle portait en elle tant de mots qu'elle aurait voulu lui dire, mais qui n'arrivaient pas à franchir la barrière de ses lèvres. Entre elles s'était installée une apparente indifférence qui lui laissait, une fois de plus de plus, le goût amer du manque d'amour. Elle regrettait d'avoir laissé un fossé se creuser entre elles.

Très rapidement, là-bas, elle s'affirma comme une vedette d'exception. On alla même jusqu'à lui offrir le rôle de Bess, dans la version intégrale de l'opéra de George Gershwin, *Porgy and Bess*, donnée à Broadway. Le succès fut retentissant.

Si elle appréciait cette exubérance américaine et la consécration dont elle jouissait, elle aimait de temps en temps se retrouver, lovée au calme, dans son petit appartement de la rue Murillo. Elle s'apercevait également que, gagnée par l'âge et avec l'arrivée de voix plus fraîches que la sienne, le jour viendrait où l'on ne la solliciterait plus qu'exceptionnellement.

Au fil des années, Serge et elle s'étaient rencontrés occasionnellement, lors de ses passages à Paris. Ils parlaient peu, souvent leurs phrases restaient incomplètes, mais ils se comprenaient. Rien d'autre qu'une amitié, presque une complicité, n'existait entre eux. Ils n'étaient que deux blessés de la vie, et si elle connaissait sa souffrance, lui ignorait la nature de la sienne.

Petit à petit, ses prestations se firent plus rares et la fatigue plus insistante. Elle redoutait cette vieillesse solitaire. Alors, lorsque Serge lui parla de l'achat enfin possible d'un terrain, là-haut dans la garrigue, elle n'hésita pas un seul instant. Elle allait enfin réaliser ce rêve qui lui tenait à cœur depuis si longtemps, même si elle n'envisageait pas, dans les toutes prochaines années, de quitter les États-Unis.

Les plans d'une future construction étaient à peine ébauchés sur le papier qu'Angie sembla tout abandonner. Serge avait bien remarqué sa perte de poids, ses joues qui se creusaient et son teint qui perdait son éclat ; pourtant, il n'avait pas encore compris qu'elle ne verrait jamais sa maison érigée en haut de la colline.

La dernière fois qu'il la retrouva à Paris, elle lui avoua qu'elle était malade et qu'elle allait partir se reposer dans un établissement spécialisé. Elle avait tenu à lui offrir une partition originale et inédite de Mozart, identifiée par le responsable du Mozarteum de Salzbourg. Aux feuillets jaunis par le temps, elle avait joint une enveloppe fermée qui ne mentionnait aucun destinataire. Comme il s'en étonnait, elle lui répondit que le jour viendrait où, s'il estimait devoir le faire, il comprendrait à qui il devrait éventuellement la remettre. Il ne l'avait pas interrogée, car il savait pertinemment qu'elle ne lui en dirait pas plus, dans l'immédiat. Peu de mois plus tard, il apprenait, en même temps que le public, la disparition d'Angie.

Alors, ces intonations, la musicalité de cette voix, qui lui rappelaient celles de la cantatrice disparue, l'avaient brutalement ramené vers ce passé douloureux qu'il s'efforçait d'atténuer, vers cette faute qui avait eu de trop lourdes et d'irréversibles conséquences. Jamais il ne pourrait se pardonner cet élan inconvenant. Il avait cru avoir, finalement, trouvé un semblant de paix, mais voilà qu'il ne maîtrisait pas une sensibilité restée à fleur de peau. Encore une nouvelle faiblesse dans son chemin d'égarement.

Comme tous les mercredis matin, à Saint-Maximin, l'animation du marché réveillait tôt la ville. Les étals bigarrés et odorants des producteurs locaux envahissaient en priorité la place Malherbe, pour s'étendre, au fur et à mesure des nouveaux arrivants, le long des rues qui ramenaient vers la place de l'Hôtel-de-Ville. En cette heure matinale, l'air conservait encore un peu de la fraîcheur de la nuit. Les ménagères venaient remplir leur banaston, n'hésitant pas à s'attarder pour échanger les dernières nouvelles, avant l'arrivée du flot incontournable de ces touristes du mois d'août.

Le panier pansu, empli de légumes et de fruits, couronné d'un bouquet de basilic, pesait lourdement au bras de Mathilde. Ces fragrances méditerranéennes lui avaient particulièrement manqué lorsque, avec Pierre, ils s'étaient installés dans la région parisienne. Perdue dans ses considérations toutes matérialistes, elle avançait, rassurée par cet entourage familier, ces murs bombés et protecteurs, ces ouvertures arrondies, appareillées de pierres de taille claires.

Elle avait parcouru presque toute l'étroite rue Raspail et s'apprêtait à déboucher sur la place Barboulin, lorsqu'elle aperçut la voiture de sa fille, garée à proximité de la maison de sa tante. Elle ne s'y attendait guère, d'autant plus que les visites d'Aline s'étaient avérées plutôt rares, ces derniers mois. Ses études, son couple, ses projets, ses sorties occupaient largement ses jours et ses nuits. Malgré les airs d'adulte adoptés par Aline, Mathilde ne parvenait pas à franchir le pas où la mère se doublait d'une amie. D'après ses souvenirs, ses premières années de femme avaient été comme le prolongement de l'adolescence et de ses interrogations ; elle oubliait qu'au même âge elle était déjà une jeune mariée.

Mathilde observait Aline. Des phrases laconiques remplaçaient sa volubilité habituelle. Il était visible que quelque chose la perturbait. Avait-elle des problèmes avec ce Gérard qui partageait sa vie depuis quelques mois ? Ils s'étaient connus à l'École nationale des travaux publics et tous les deux s'orientaient vers la réalisation de grands chantiers de terrassement à l'étranger, sans préjuger des problèmes éventuels de séparation que cette profession commune risquait d'entraîner. « En tout cas, je suis bien mal placée pour lui donner le moindre conseil », se dit Mathilde. De toute façon, elle savait pertinemment qu'Aline ne l'écouterait que d'une oreille distraite, si tel était le cas, et n'en ferait qu'à sa tête, prenant uniquement sa mère pour témoin. Elle n'entreprit de l'interroger que lorsqu'elles se retrouvèrent seules. La jeune fille hésitait, le regard fuyant, puis lâcha brutalement :

— C'est papa ! Il va se marier avec Nicole.

Mathilde sursauta, une douleur subite lui vrillant le cœur. Elle encaissa péniblement le coup. Cette future union éteignait le plus infime espoir qu'elle continuait à entretenir. À la limite, elle aurait supporté que Pierre ne lui revienne jamais. Mais qu'il convolât avec celle qui le lui avait pris la giflait comme le dernier des affronts. Elle, l'épouse rejetée, eut l'impression qu'on lui volait aussi son passé, qu'un nouveau gouffre s'ouvrait devant elle.

Devant le désarroi de sa fille, elle comprit qu'elle ne pouvait pas s'abandonner à sa propre souffrance, à sa déception. Elle devait se montrer forte. Les enfants n'ont pas à supporter les égarements de leurs parents. Ce n'est pas dans la logique de la vie que ces derniers déçoivent leur progéniture.

Aussi, ravalant sa salive, Mathilde entreprit de raisonner Aline.

— Tu sais, nous ne sommes plus mariés. Légalement, il est libre. On pouvait s'y attendre. Surtout qu'il vit avec elle depuis déjà quelque temps.

Pourtant, jusque-là, Mathilde s'était refusée à cette échéance. La fragilité de sa fille et la peine qu'elle affichait lui imposaient de trouver rapidement des arguments en faveur de ce père et mari qui s'éloignait d'elles. Les mots lui étaient difficiles et sonnaient faux. Un bref instant, un silence pénible s'abattit jusqu'à ce qu'Aline poursuivît :

— S'il est pressé de se marier, c'est parce qu'il va avoir un enfant !

Des éclats de lumière agressifs, acérés comme ceux d'une glace fracassée, dansèrent brutalement devant les yeux de Mathilde. La tête se mit à lui tourner. Elle qui croyait unique ce qu'ils avaient vécu ensemble avec la naissance d'Aline… Voilà qu'il s'apprêtait à revivre ces moments précieux avec une autre : une pièce où le premier rôle lui était ravi par une inconnue et dont elle était exclue définitivement.

Avec cette vulnérabilité affichée, Aline redevenait subitement sa « petite ». Dans l'immédiat, elle ne pouvait pas s'appesantir sur sa peine. Sa fille avait besoin d'elle. Elle se devait de la rassurer, d'atténuer ce sentiment d'abandon, de reniement, qui la tourmentait. Fille unique, cette dernière ne comprenait pas, elle non plus, que son père puisse reproduire une situation qu'elle croyait lui être exclusivement réservée. Alors, Mathilde, masquant son trouble, s'oublia et justifia ce mariage et cette paternité qui lui déchiraient le cœur. Les mâchoires serrées, la gorge nouée, elle s'efforça d'afficher une sérénité qui était loin de l'habiter.

Au bout d'un long moment d'argumentation, Aline conclut :

— Au moins, je suis tranquille, je sais qu'avec toi cela ne m'arrivera pas !

Le cœur de Mathilde se serra douloureusement, une fois de plus. Aline ne voyait en elle que la mère, ignorant la femme encore jeune qu'elle était, qui, elle aussi, pouvait rencontrer un autre homme et redémarrer une vie commune. Il était évident que, dans l'immédiat, elle devait taire ses éventuels élans.

Bien sûr, à son âge, il ne saurait plus être question d'enfant : la nature lui aura volé jusqu'à cette ultime satisfaction. « Encore une injustice supplémentaire », se prit-elle à penser. Toutefois, ce soudain désir de maternité ne s'amalgamait-il pas au sentiment beaucoup moins honorable de la vengeance ?

Cependant, cette remarque spontanée de sa fille eut une résonance inattendue. Pour la toute première fois, Mathilde prit conscience qu'elle pouvait aborder un autre chapitre de sa vie avec un homme différent que celui qu'elle ne parvenait pas à balayer de ses pensées. Le désamour s'installait-il enfin ? Insidieux, avec son cortège de sentiments diffus, mêlant vexation, jalousie, désir de revanche, mais atténuant et raisonnant la désespérance, la douleur de l'abandon.

Pour son enfant, une mère se devait d'être la femme la plus forte du monde. Et, malgré ses allures d'indépendance, Aline resterait toujours cette petite fille dont elle avait guidé les pas. La persuasion fut laborieuse pour arriver à lui faire admettre que son père ne l'oublierait pas malgré la venue de ce bébé.

Le calme revenu dans le cœur d'Aline, la conversation s'orienta d'abord sur le monde de la jeune femme. Bien sûr, il fut question de la santé de Simone. Mais rapidement Aline en vint à évoquer l'héritage de Mathilde. Une fois de plus, un sentiment de culpabilité envahit cette dernière. Elle avait envie de se confier à sa fille. Elle le lui devait. Pourtant, quelque chose la retenait de tout lui avouer. Peut-être la crainte que sa fille aille harceler ses grands-parents qui reconstruisaient petit à petit, chaque jour, cette vie qui avait bien failli leur être ôtée et qui restait cependant si fragile pour Simone. Elle arriverait bien à trouver le moment opportun pour lui faire partager ses interrogations.

— Tu m'emmènes voir ce fameux terrain ?

En fait, Mathilde n'attendait que cela. Elle sourit en pensant qu'il était aussi celui de sa fille. Elle espérait que celle-ci fût aussi séduite qu'elle ne l'était et qu'elle partageât avec elle ses projets.

Aline avait retrouvé son entrain et enchaînait des questions auxquelles sa mère ne pouvait apporter de réponse. La petite 2 CV s'aventurait en direction du Recours. Au bas de la côte, Mathilde rétrograda et s'engagea crânement dans le raidillon. C'était la première fois qu'elle l'abordait en voiture, car elle souhaitait éviter que la jeune femme ne trouve rédhibitoire cette montée accentuée. Elle ne voulait pas essuyer la moindre critique. Il fallait que tout soit parfait.

L'après-midi était déjà bien avancé. Le soleil s'était noyé derrière les collines soyeuses, laissant des traînées rosées dans le ciel clair. La paix s'imposait sur la plaine en contrebas, rythmée par le crépitement des insectes et le ballet des hirondelles. Aline aussi était sous le charme.

Mathilde n'était plus inquiète. Ce mot « fin » qu'elle posait sur son ex-couple la soulageait presque, la libérant de l'entrave entretenue par ce faible espoir qui continuait à la tourmenter. Après tout, la vie aurait pu être plus cruelle avec elle et lui offrait, à présent, des horizons imprévus que bien des femmes abandonnées n'avaient pas le privilège d'aborder.

Les jours se faisaient plus courts. Bientôt, l'été tournerait et « le coucou perdrait son chant alors que la caille le reprendrait », comme avait coutume d'énoncer le vieil Antonin, lorsqu'on arrivait à cette période charnière de l'année. Une à une, les cigales interrompaient leur chant quotidien. Le soir arrivait délicatement, obscurcissant l'horizon tandis que la masse sombre et allongée de la basilique se découpait dans la brume qui estompait la plaine. Mathilde était prête à parler.

Elle évoqua ce rendez-vous chez l'avocat new-yorkais, cet héritage incroyable, l'appartement de Paris, cette donatrice qu'elle n'avait jamais rencontrée et que ses parents ne connaissaient apparemment pas... Aline en bafouillait presque d'étonnement. Les questions pleuvaient, les interrogations restaient en suspens tandis que les hypothèses se bousculaient. Puis Aline ne put s'empêcher d'esquisser une moue ironique et de déclarer :

— Papa est loin de songer à tout ce qu'il a perdu en te quittant !

Mathilde sourit spontanément devant l'ambiguïté de la sentence. C'était vrai qu'elle avait de la chance et que le destin lui avait donné, plus qu'à bien d'autres, l'opportunité de se reconstruire ! « Les pierres font partie du chemin », avait coutume de lui dire sa vieille tante. La route est longue et épineuse dans l'affirmation de soi ; or, elle avait déjà franchi une étape importante !

Les soirées s'éternisaient dans la douceur d'une nuit à l'immensité pailletée d'étoiles. Le temps suspendait sa course tandis que les clans se reconstituaient. Mathilde gardait un souvenir précieux de ces veillées estivales, bercées par l'intarissable papé Antonin. « *Lou barjacaïre* », comme l'appelaient les anciens du village, ce bavard qui n'hésitait pas à multiplier les détails, parfois invraisemblables, qui ravissaient son auditoire d'enfants. Il s'était éteint depuis de nombreuses années, mais il restait gravé dans les mémoires locales comme celui qui « *parlo coume uno agasso* », celui qui jacassait avec autant d'entrain qu'une pie.

Simone aussi sortait sa chaise de paille et rejoignait un groupe de mamets installées autour de la basse fontaine de pierres grises, à l'abri des larges platanes feuillus. Les enfants s'amusaient sur la place, se coursant et, essoufflés, s'arrêtant brutalement, pliés en deux, mais heureux et riants. « *La pato rimado* », combien de fois y avait-elle joué… Mais aujourd'hui on en avait oublié la poétique appellation provençale pour une plus banale : « Tu brûles ! »

Les vacanciers s'attardaient à la terrasse des cafés et chacun s'appliquait à refaire le monde. La ville bruissait, apaisée, sous un air enfin rafraîchi et léger.

— J'ai une idée ! s'exclama soudain Aline qui enchaîna aussitôt : Pourquoi n'irions-nous pas demain à Paris ? Nous pourrions rentrer dimanche par un train de nuit. Je ne reprends mon poste que lundi.

Cette improvisation laissa Mathilde pensive. Elle comptait essayer d'obtenir quelques informations auprès de Serge Belin. Mais devant l'insistance de sa fille, presque une supplication, elle réfléchit rapidement. La joie d'Aline lui était si précieuse ! Après tout, ainsi, elle compulserait plus précisément les albums de photos laissés dans l'appartement de la rue Murillo et rapporterait à Saint-Maximin ceux où le pianiste figurait, pour essayer d'y voir plus clair au travers des explications qu'il pourrait lui fournir.

Finalement, cette brève échappée parisienne avait permis aux deux femmes de se retrouver. Journées de complicité, doublées d'une tendresse spontanée et de compréhension ; une amitié qui s'installait enfin, venant renforcer l'amour qui les unissait.

Aline avait entraîné sa mère dans les magasins, essayant de la modeler à son goût. Parfois, Mathilde cédait à l'engouement de sa fille, ravie de lui faire plaisir. D'autres fois, elle tempérait, affirmant sa personnalité. Comme deux enfants coupables d'école buissonnière, elles s'étourdissaient de sorties, rentrant tardivement, rompues de marche et saoulées de l'animation des rues.

Aline dormait sur le canapé du salon et la porte de la chambre restait ouverte. L'impression de renouer avec sa vie de famille d'antan rassérénait Mathilde malgré l'absence de Pierre dans le grand lit.

Pourtant, lorsque le silence et la nuit s'étaient installés, l'image de cet homme, dont elle ne pouvait se défaire, s'imposait à elle. Elle ne parvenait pas à effacer les stigmates de cette rupture, qui lui imposaient cette douleur lancinante, troublant sa quête de sérénité. Combien de temps se passerait-il encore avant qu'elle n'arrive à se libérer de lui ?

Pourtant, si l'image de Pierre restait douloureuse, dorénavant, il appartenait au monde de ses souvenirs. Elle ne se projetait plus à ses côtés. Il existait donc un après-Pierre : tout restait à reconstruire, mais différemment. Même si elle marchait encore sur des cendres brûlantes, les braises se consumaient. Elle ne savait plus dire si son malaise venait de la fuite de ce mari ou tout simplement de l'absence d'un homme auprès d'elle.

Le train, qui ramenait Aline à Marseille, s'éloignait bruyamment de la gare de Lyon. À présent, le quai se vidait rapidement, laissant Mathilde de nouveau confrontée à cette solitude angoissante qu'elle avait presque oubliée ces derniers jours. Elle sortit machinalement de la gare. Malgré la douceur de cette fin d'après-midi, elle frissonna. Elle ne percevait plus le brouhaha de la rue et il lui sembla que le monde se vidait autour d'elle. Une fois de plus, elle se retrouva seule face à elle-même.

Mathilde n'avait donc pas regagné le Sud avec Aline. Elle désirait rencontrer le notaire qui gérait, à Paris, les biens d'Angie, ainsi que le banquier en charge de son compte. Elle ne souhaitait pas impliquer sa fille dans ces rendez-vous très personnels.

Après le départ du train, désemparée, elle s'attarda quelques instants sur le parvis de la gare. Puis, prise d'une inspiration subite, elle se dirigea vers la station de métro, afin de rejoindre la place de l'Opéra. Elle avait envie de se fondre à cette foule estivale qui s'attardait le long des rues. Elle pourrait ainsi regagner aisément à pied son appartement. Dans son esprit, elle avait commencé à prendre possession des lieux. Ils lui devenaient familiers et intimes.

Face au Palais Garnier, véritable front de scène extérieure dont le perron constituait le plateau, elle éprouvait la même émotion que lorsque, enfant, elle gravissait avec ses parents le parvis de marbre blanc du théâtre lyrique montpelliérain, dont l'architecture romantique avait justement été conçue par un élève de Maître Garnier. Devant ce lieu incontournable du paysage parisien, d'innombrables touristes se mêlaient aux chalands. Elle s'installa devant un guéridon du Café de la Paix, juste à l'angle du boulevard des Capucines afin de pouvoir profiter en même temps du remarquable entablement statuaire de la façade.

Malgré le spectacle de la rue, elle n'arrivait pas à se défaire de ce sentiment d'abandon qui l'habitait en permanence. Elle s'imaginait les sourires condescendants des passants devant cette solitude qu'elle avait l'impression de porter sur elle : une femme isolée, refoulée, au vu de tous. Sa peine s'accentuait tandis qu'elle observait ces couples, avançant main dans la main ou se tenant par la taille : simples gestes spontanés qui les unissait. L'être humain n'était pas programmé pour vivre seul et l'on n'enseignait pas à supporter la solitude.

Avec son départ, Pierre lui avait aussi volé sa féminité. Soudain, elle eut envie d'une odeur virile, le besoin impérieux d'un souffle d'homme dans son cou, de larges mains qui caresseraient ce corps délaissé, devenu muet. Se prouver qu'elle existait aussi pour un homme ! « Et maintenant », avait clamé Gilbert Bécaud dans sa chanson qui avait touché le monde entier : refrain intimiste, presque impudique, dans lequel elle se retrouvait parfaitement.

Elle sentit un regard qui s'attardait sur elle. Sans insistance, simplement un peu curieux. L'homme était assis deux tables plus loin, seul lui aussi. Il semblait n'attendre rien ni personne. Il lui parut plus jeune qu'elle. Quand leurs yeux se croisèrent, il esquissa un léger sourire, spontané et naturel, sans ostentation ni provocation.

Tout se bouscula subitement dans la tête de Mathilde. Comme un automate, elle se leva et vint se planter devant sa table. Sans lui laisser le temps de prononcer la moindre parole, elle lui demanda :

— Voulez-vous faire l'amour avec moi ?

Interloqué, il la regarda sans bien comprendre. Il se reprit et lui demanda :

— C'est combien ?

— Rien. Juste l'amour !

Bien entendu, il n'était pas question de l'emmener rue Murillo. Ils trouvèrent un petit hôtel à proximité. Une chambre proprette, sans identité, dépourvue de romantisme. Il ne lui posa aucune question. Elle non plus, au demeurant, bien qu'elle ait remarqué son accent d'ailleurs. Ils n'échangèrent que quelques banalités, esquivant toute indiscrétion qui pourrait les ramener dans un monde plus prosaïque ou rationnel, encombré de préjugés et de restrictions.

Deux inconnus qui s'aimèrent, tranquillement, sans violence, presque avec application, ignorant tout l'un de l'autre, mais se laissant guider par leur instinct. Ils ne connurent de l'autre que le prénom, mais ils apprirent leurs corps sans fausse honte ni pudibonderie.

Elle ne s'étonnait même pas de son aptitude à aimer et à s'abandonner sans réticence dans les bras de cet anonyme, sans passé ni avenir. Tout revenait spontanément, comme s'il n'y avait pas eu rupture depuis plusieurs années. Elle retrouvait les mêmes gestes, quête et abandon, avec, en plus, le sel de la découverte de l'étranger.

Ils passèrent la nuit ensemble. Une longue nuit chaude et douce, faite d'élans où se mêlaient tendresse et épanouissement, entrecoupée de pauses ensommeillées. À aucun moment le visage de Pierre ne s'interposa. Elle s'abandonnait pleinement à l'instant présent. Ils se quittèrent, au petit matin, sans chercher à connaître l'identité de l'autre ni envisager de se revoir. Un intermède de quelques heures que chacun garderait enfoui au plus profond de son être, mais qui lui avait permis de franchir cette barrière de l'indifférence.

Tandis qu'elle regagnait son domicile en taxi, elle s'interrogea sur cet acte impensable. Ce n'était pas à la solitude que, l'espace de cette aventure, elle avait cru échapper, mais bien à elle-même. Un exutoire à sa vulnérabilité. Elle commençait à percevoir que cet isolement ne dépendait pas de son entourage, mais qu'il s'agissait, plutôt, de quelque chose qu'elle portait en elle et dont il fallait qu'elle apprenne à se défaire.

Malgré l'amertume de cet amour sans lendemain, elle n'éprouvait aucune honte. Plutôt un soulagement d'être redevenue une femme comme les autres. « La solitude conduit à la sagesse », disait un proverbe chinois. Quand elle y repensa, cette maxime la fit sourire : « En fait, de sagesse… »

Il était fort tôt quand elle regagna son appartement. La matinée s'annonçait longue, éclairée par un soleil encore pâle, dissimulé sous une brume blanchâtre. Ses yeux, alourdis par le manque de sommeil, la brûlaient. Elle savait qu'elle n'arriverait pas à retrouver aisément le fil normal des heures.

Aussi décida-t-elle de se plonger dans les albums de photos, méticuleusement classés par Angie, dont le plus ancien remontait à ses débuts sur scène. On aurait dit que cette femme n'avait voulu laisser rien au hasard ni garder la moindre trace de son passé. Tout, chez elle, était programmé, ordonné, classifié, comme elle l'avait fait pour sa carrière. Instantanés marquants et représentatifs de ce travail auquel, apparemment, elle avait consacré sa vie. Aucun d'eux ne rappelait son enfance.

On aurait même pu croire que, délibérément, elle avait effacé toute trace qui permettrait de reconstituer le lien entre elle et Mathilde. Cette interrogation revenait en un leitmotiv perturbateur. « Mais pourquoi ? »

Consciencieusement, elle se pencha sur chacun des clichés et leur légende. Ils représentaient le parcours d'une existence au travers de ses grandes étapes musicales. Jusqu'à ce qu'elle en arrive à une photo prise dans un lieu qui ressemblait étrangement à la maison de pierres blondes qu'elle avait découverte sur l'autre versant de la colline du Recours. Y figuraient également trois personnages en tenue décontractée : ce Serge Belin entouré de la cantatrice et d'une femme visiblement plus jeune. Dans le même album, elle retrouva d'autres photos de ce trio, prises à différentes occasions.

Lors de son premier séjour rue Murillo, elle n'avait rien osé prélever de ce qui se trouvait dans l'appartement ; elle ne l'envisageait pas non plus, cette fois-ci. Cependant, elle sentit que ce fil ténu, qui lui échappait sans cesse, maintenant commençait à se laisser attraper. Elle emporterait cet album : il fallait qu'elle montre ces photos au chef de chant.

Dans l'appartement feutré, isolé des bruits multiples de la capitale, les rideaux tirés lui offraient une lumière tamisée. En fond d'ambiance, la voix d'Angie, seulement accompagnée d'un piano, interprétait un récital de mélodies françaises aux accents de Fauré, Debussy, Satie et autres grands compositeurs.

Là, au cœur de ce Paris trépidant, elle retrouva ces précieux instants, porteurs de cette détente et de ce sentiment de bien-être, si semblables à ceux qu'elle connaissait là-haut sur ce terrain envahi par les herbes folles, aux senteurs sauvages de garrigue, en surplomb de la plaine de Saint-Maximin. Les heures défilèrent sans qu'elle ne s'en rendît compte. Elle s'oubliait dans cette quiétude rassurante d'un corps fatigué et repu.

Puis, petit à petit, le quotidien finit par reprendre le dessus. Elle envisagea de sortir déjeuner. Tandis qu'elle s'emparait de son sac, abandonné sur la desserte proche de la porte d'entrée, dans le clair-obscur du hall aveugle, elle jeta négligemment un œil sur le miroir, à l'encadrement doré de bois sculpté, qui la surmontait. Le choc fut fort. L'espace d'un très bref instant, elle crut voir le reflet d'un fantôme : celui d'Angie.

Comme quelqu'un qui venait de subir une opération de chirurgie esthétique, elle dut se reprendre pour constater que c'était sa propre image que le miroir reflétait. La pénombre dissimulait les détails pour ne laisser filtrer que l'essentiel. Elle détaillait ses traits et il lui parut indéniable qu'un lien familial la liait à Angie.

Tout comme dans *Alice au pays des merveilles*, le miroir lui ouvrait enfin une porte symbolique vers un autre monde, l'entraînant vers un inconnu qu'elle était avide de découvrir.

Elle ne s'attarda pas à Paris et reprit le train en direction d'Aix-en-Provence, dès le mercredi soir. Elle avait hâte de montrer à Serge Belin les photos qu'elle ramenait avec elle. Maîtrisant mal son impatience, elle s'échappa rapidement de chez sa tante et prit la direction du Recours.

Encore une fois, il parut contrarié quand il aperçut Mathilde s'avançant vers lui. Elle le détailla. À la fois semblable et différent de la photo. Ses cheveux s'étaient éclaircis, ses épaules affaissées ; un pli amer abaissait les commissures de ses lèvres, mais la prestance restait la même. Combien d'années le séparaient du cliché de l'album ? Il devait bien approcher de la soixantaine, si ce n'était plus.

— Vous vous êtes encore perdue ?

— Je voudrais vous montrer quelque chose.

Saisissant qu'il ne pouvait pas échapper à la présence de l'intruse, il maugréa quelques mots à la limite de l'intelligible pour lui proposer de s'asseoir. Il n'avait rien de précis contre elle, mais sa présence le mettait mal à l'aise. Impression insidieuse et subtile qu'il n'arrivait pas à cerner. Il ne recherchait guère le contact avec son entourage, mais ne le repoussait habituellement pas. Et, s'il s'affirmait solitaire, il n'avait rien d'un misanthrope.

Il sursauta devant l'album ouvert qu'elle déposa sur la table encombrée de papiers. Ses traits se figèrent subitement et son regard se durcit.

— D'où tenez-vous ça ?

— De chez Angie Simon, de son appartement de la rue Murillo.

— Comment connaissez-vous cet endroit ?

Mathilde, à son tour, éluda la réponse. Il se leva brusquement, comme pour se donner une contenance, et refusa d'en voir davantage, déclarant que le passé ne servait qu'à gâcher le présent et qu'il valait mieux ne pas chercher à le réveiller.

— Vous voyez ce chat ! Lui comme moi, nous essayons d'oublier les blessures et nous profitons de notre présent. Alors, si vous n'avez que des souvenirs en tête, vous pouvez vous en retourner de suite.

Mathilde sentit que, pour amadouer son interlocuteur, elle devait lui lâcher quelques pans de son histoire. Il fallait qu'il sente qu'elle avait besoin de son aide. Elle avait à peine commencé à parler qu'il l'interrompit brutalement.

— Votre vie privée ne me concerne pas et je vous demande de respecter la mienne.

Elle n'arrivait pas à comprendre l'animosité qu'il manifestait à son encontre. Le visage de l'homme s'était fermé, les lèvres pincées, le regard dur et perdu vers l'infini. Il était évident qu'il avait appartenu à ce monde qu'elle s'efforçait de pénétrer. Cependant, elle comprit qu'elle n'en obtiendrait rien de plus dans l'immédiat. Mais, dans sa tête, il était bien clair qu'elle reviendrait à la charge lorsqu'elle en saurait un peu plus sur lui.

Sur son chemin du retour, elle eut besoin de se retrouver là-haut, entre ciel et forêt. Elle y était chez elle ; plus tard, elle y ferait construire une maison, un simple petit nid comme l'avait fait Angie avec l'appartement de la rue Murillo, ce logement où régnait l'âme de la chanteuse et où, malgré tout, Mathilde se sentait encore quelque peu étrangère. Le regard perdu dans l'horizon lointain, elle comprit qu'en fait ce n'était pas ce bout de terre qui lui appartenait, c'était elle qui, dorénavant, lui appartenait.

Ne se décourageant pas, elle réitéra sa visite dès le lendemain. La nuit durant, elle avait élaboré toutes sortes de stratagèmes pour l'obliger à l'écouter. Elle était persuadée que, de son côté également, les interrogations se bousculaient.

Lorsqu'elle arriva devant la bergerie, elle ne vit pas sa voiture. Il fulminait. Sa voix portait haut et fort, au téléphone.

— Et alors ! Comment est-ce que je fais ? C'est urgent, il me faut une voiture…

Instinctivement, Mathilde prit conscience de l'opportunité qui s'offrait à elle.

— Je peux peut-être vous dépanner… si vous ne redoutez pas les secousses d'une 2 CV.

Une colère mêlée d'angoisse creusait ses traits. Cependant, il se reprit aussitôt et lui expliqua l'immobilisation de sa voiture chez le garagiste. Or, son chat venait de rentrer avec une vilaine plaie au ventre qui, de toute évidence, nécessitait l'intervention du vétérinaire.

— Après tout, puisque vous êtes là…

Les gestes tendres et précautionneux de Serge Belin pour son chat contrastaient avec l'attitude revêche qu'il avait manifestée jusqu'alors à l'encontre de Mathilde. Pendant le trajet, l'animal observait la conductrice. Elle n'avait jamais eu d'attirance particulière pour les animaux de compagnie. Mais celui-là, avec son infirmité et maintenant sa blessure, avait quelque chose en plus : un regard confiant qui semblait lui dire : « Tu es là parce que tu devais être là ! »

Après avoir inspecté le matou, le vétérinaire rassura son maître.

— Par contre, je vais l'endormir pour le recoudre. Je le garderai jusqu'à demain, pour vérifier son réveil. Demain, en fin de matinée, vous pourrez le récupérer.

Le visage de l'homme se détendit. Lorsqu'il s'adressa à Mathilde, le ton de sa voix n'avait plus rien d'agressif. Remontant en voiture, il lui proposa :

— Vous m'y conduisez, à votre terrain ?

Mathilde tut sa surprise. Enfin, un dialogue qui s'instaurait entre eux ! Lorsqu'elle gara sa voiture sur le terre-plein, elle s'aperçut que, de nouveau, toute sympathie s'était effacée du visage de son passager. Elle ignorait que, ce lopin de terre rocailleuse, il le connaissait si bien… Le destin semblait s'acharnait à le rattraper. Sa mémoire se troublait et il finit par laisser échapper :

— Vous l'avez acheté récemment ?

— À vrai dire… je viens d'en hériter, lâcha-t-elle avec difficulté, percevant le trouble de son compagnon.

Le cœur de Serge s'emballait. Il devenait évident pour lui qu'elle était proche d'Angie. Elle pourrait probablement être une sœur, peut-être une cousine, mais certainement pas sa fille. Cette inconnue qui s'imposait dans sa vie était trop âgée. Il observait Mathilde à la dérobée. Ses sentiments écartelés tendaient à présent vers la curiosité.

Angie, devenue citoyenne américaine de par son mariage, lui avait déclaré, un jour, s'être détachée de sa parentèle française. Cependant, lorsqu'on se savait proche de la fin, ne cherchait-on pas à rassembler les pièces du puzzle de sa vie ?

Une vague de tristesse le submergea. Il repensa à cette fin d'année 1975, où il avait prévenu Angie de la vente de ces terrains le long du Recours. À cette époque, elle se trouvait à Paris pour enregistrer des cantates de Noël qui seraient retransmises à la télévision, ainsi qu'une interprétation très personnelle de l'*Ave Maria* de Gabriel Fauré pour une maison de disques spécialisée dans les grandes œuvres classiques.

La perte de Giuglietta, le fait de ne plus travailler ensemble leur avait permis de tisser une amitié sincère, même s'ils ne se voyaient que très rarement. Ils n'évoquaient guère le passé, préférant s'intéresser aux multiples petits bonheurs quotidiens et à leur passion musicale.

Ensemble, ils avaient découvert ce lopin de terre. Il avait compris l'engouement d'Angie pour les lieux. En fait, il en avait été heureux : ainsi, elle se rapprocherait de lui. Ils se retrouveraient comme deux vieux complices liés par les joies et les vicissitudes d'une vie hors du commun : la connivence de tant d'années consacrées aux voyages, au travail, aux découvertes. Simplement, pouvoir se dire que l'on n'est pas seul au monde. Ce sentiment n'avait rien d'un élan amoureux.

Les femmes de sa vie avaient disparu si brutalement… Giuglietta restait son jardin secret, aventure précieuse et unique qu'il avait eu la chance de vivre. Avec Angie, les paroles n'étaient pas nécessaires. Ils se comprenaient au travers de leurs silences.

Angie était morte peu de mois après celle qu'elle avait tant admirée, Maria Callas, l'incomparable, qui avec son art et ses excès avait conquis le monde entier. Et, si Angie n'avait pas réellement appartenu à cette caste très fermée des divas, sa voix remarquable avait néanmoins séduit un immense public de connaisseurs.

« Nous avons les souvenirs que nous méritons », déclarait Gérard Bauer, un ami de Serge lui aussi disparu, dans ses chroniques. Cet homme au regard profond, avec sa sempiternelle cigarette calée au coin des lèvres, ces sourcils froncés creusant deux rides profondes, et qui signait ses écrits du pseudonyme de Guermantès. Les deux hommes s'étaient rencontrés à l'occasion d'un article qu'il voulait rédiger, pour *Le Figaro*, sur la nouvelle saison de l'Opéra où se produisait Angie. Ils avaient de suite sympathisé malgré la différence d'âge. Serge repensait à lui comme à un maître, observateur précis, rarement ironique, du comportement humain. Lui aussi lui manquait.

« La solitude ne nous déçoit pas, quand elle nous a apprivoisés », se plaisait à déclarer Serge, se plongeant dans ses compositions musicales qui se répandaient par-delà les océans. En fait, elle était devenue source d'inspiration, et elle l'invitait à puiser ses accords au plus profond de lui-même. Musique de l'âme, des tourments et des bonheurs de la vie. Peut-on concevoir sans avoir souffert ? Cette solitude, à présent, était cette compagne indispensable qui lui permettait d'évoluer dans un monde qu'il se choisissait à l'abri des blessures.

Chacun observait l'autre à la dérobée. Le silence s'était installé entre eux. Tous les deux comprenaient que les premières paroles seraient porteuses d'animosité. Finalement, ce fut Serge qui, d'un ton sec et voulant esquiver toute explication, demanda :

— Que comptez-vous faire ? Vendre le terrain ou le garder pour faire construire et vous installer ici ?

Mathilde avait spontanément su qu'elle ne pourrait pas se séparer de cette terre nue et sauvage qui lui offrait un horizon de beauté et de liberté. Par contre, elle ne s'était jamais réellement penchée précisément sur les travaux qu'elle envisageait « un jour » d'y faire : notion abstraite au-delà des frontières du temps.

— Il est évident que je ne vendrai pas. Je vais voir… J'y ferai construire une petite maison, « un jour », plus tard… Pour l'instant, mes projets ne sont pas encore bien arrêtés.

Son interlocuteur se garda bien de l'interroger et le silence retomba entre eux. Laconiquement, il lui proposa de redescendre : « un appel téléphonique » qu'il attendait, annonça-t-il comme une fin de non-recevoir.

Pendant les deux jours qui suivirent, Mathilde partit à plusieurs reprises en direction de l'ancienne carrière désormais abandonnée. Le sentier pierreux se faufilait entre les cades épineux et les arbousiers touffus.

À chaque fois, elle trouvait close la maisonnette de Serge. Visiblement, il ne s'était absenté que pour quelques heures, car, depuis le portail, elle pouvait apercevoir les volets restés entrouverts. D'autant plus qu'il ne devait pas avoir récupéré son véhicule. Ce contretemps était-il voulu ?

Deux longues journées où les questions l'assaillirent à nouveau. Elle s'efforçait de tout repasser méthodiquement dans sa tête. Elle réalisa qu'elle avait omis un détail qui pourrait s'avérait fort utile : le lieu de naissance de Ginette Simon. Elle se souvenait que, sur l'acte de décès que lui avait remis l'avocat américain, il était précisé qu'elle était née à Saint-Étienne : elle entreprit aussitôt d'écrire au service de l'état civil. Là-bas, il devait bien rester encore quelque parentèle.

Elle en avait oublié la fuite des jours. Elle s'aperçut, un peu étonnée, qu'elle devrait bientôt regagner Clermont-l'Hérault. La fin des vacances scolaires approchait. Plus que jamais, avant de partir, elle avait besoin de se retrouver là-haut, sur cette terre dominante qui lui apportait sérénité et évasion.

En fait, elle s'expliquait mal cette réticence qui freinait son existence et ses élans depuis toujours. Elle, qui cherchait à pénétrer le caractère des enfants auxquels elle enseignait, ne s'était jamais réellement penchée sur son propre cas.

À bien y repenser, elle s'était toujours laissé guider, certes pas par simple veulerie, mais d'abord par respect filial et ensuite par confort de ne pas avoir à s'interroger sur l'opportunité de ses actes. En fait, elle s'était toujours vue au travers du regard des autres.

Son père était un homme grave. Elle ne se souvenait pas l'avoir entendu, une seule fois, éclater d'un large rire franc et bruyant. Ses sentiments s'exprimaient davantage par le sourire qu'il affichait la plupart du temps et qui devenait rictus lors des moments pénibles ou s'allongeait doucement sous le coup de l'émotion et de la tendresse. Avec le temps, elle avait appris à lire dans son regard, toujours droit, reflet de cette personnalité riche et cachée. Rarement, elle l'avait entendu s'emporter.

Sa mère, d'une génération de femmes qui reconnaissaient le rôle prépondérant du mari au sein du foyer, s'était toujours conformée au mode de vie dicté par son époux. Bien qu'elle fût d'une nature un peu plus expansive, la seule affirmation de sa personnalité était ce métier d'apothicaire qu'elle avait tenu à poursuivre.

D'aussi loin que sa mémoire remontait, Mathilde ne se rappelait pas avoir véritablement connu de cris ni de heurts. Un jour, pourtant, elle avait surpris une conversation entre ses parents. Le ton acerbe de Simone à l'encontre de son époux l'avait surprise, de même que le mépris avec lequel elle évoquait une Denise dont, toute adolescente qu'elle fut alors, elle n'avait aucun mal à deviner le rôle lorsque son père conclut :

— Vas-tu me le reprocher toute la vie ? Je suis là, avec toi !

On cherchait donc à comprendre, on analysait, on expliquait, même si la raison paternelle primait la plupart du temps. Toutefois, malgré un certain autoritarisme, elle se devait de reconnaître qu'elle n'avait jamais manqué ni d'attention ni d'affection. Avec le recul, peut-être même avait-elle été étouffée par toute cette tendresse prévenante.

« Élever un enfant, c'est lui apprendre à se passer de nous. » Cette sentence d'Ernest Legouvé, elle l'avait toujours gardée en tête. D'abord la refusant, pour en arriver à l'accepter partiellement au fur et à mesure qu'Aline s'émancipait. À présent, elle réfléchissait souvent au sens profond de la déclaration de cet écrivain, dramaturge et poète, défenseur du droit des femmes et de l'éducation progressiste des enfants, alors que lui-même s'était très tôt retrouvé orphelin.

Et, elle constatait qu'en fait, de la tutelle parentale elle était passée, sans transition, à celle de Pierre. Stabilité rassurante qu'elle n'avait même pas remise en cause lors de la séparation du couple, s'enfonçant dans une passivité d'abandonnée. « La solitude, ça n'existe pas ! » chantaient les ondes. Pour Mathilde, elle était son univers et, jusqu'à présent, elle n'avait guère cherché à lui échapper. Ce rôle de victime lui collait à la peau. Elle était telle que ses parents l'avaient façonnée.

Pourtant, là-haut, au-dessus de la canopée, les questions s'ébauchaient enfin. Avec cette fugace aventure parisienne, elle commençait à entrevoir un « après-Pierre ». Si un inconnu avait su faire vibrer son corps, il n'était plus inenvisageable qu'un autre que Pierre puisse, un jour, toucher à nouveau son cœur.

Les cigales avaient tu leurs stridulations jusqu'au retour du prochain été. Le ciel s'encombrait de nuages effilochés. Le soleil disparaissait plus tôt derrière les Cavades sauvages et la barre rocheuse du mont Aurélien. Mathilde frissonna. Il était temps de redescendre.

Parvenue en bas du chemin, plutôt que de regagner la ville, Mathilde obliqua à droite en direction de l'ancienne carrière. Son cœur bondit quand elle vit la voiture garée devant le garage : il était enfin revenu ! Sans hésitation, elle franchit le portail.

Sous la tonnelle, le chat somnolait, douillettement installé sur une couverture pliée. Un large bandage blanc entourait son poitrail. Il entrouvrit à peine l'œil, abaissa légèrement une oreille et se replongea derechef dans ses rêveries félines. Il avait reconnu son pas.

Serge Belin ne sursauta pas quand il entendit crisser le gravillon du chemin. En fait, il s'attendait à sa venue. Depuis qu'elle s'était introduite dans son univers, il n'arrivait plus à la chasser de ses pensées. Si, tout d'abord, il avait été contrarié par ce passé qui s'introduisait à nouveau dans sa vie, à présent, cette ressemblance éveillait en lui des sentiments diffus, émotions multiples auxquelles venait s'ajouter la curiosité.

Il ne souhaitait pourtant pas qu'elle s'épanchât auprès de lui. Il n'avait jamais voulu écouter les doléances de ces êtres qui cherchaient à l'impliquer dans leurs difficultés. Il n'avait aucune vocation pour prendre en charge les problèmes des autres, ayant déjà assez à faire avec les siens qu'il taisait, autant par décence que par pudeur.

Les enfants hospitalisés, qu'il initiait à la musique, savaient assumer leur souffrance et s'efforçaient de retrouver un équilibre. Il avait toujours été étonné devant la lucidité et la volonté de ces jeunes défavorisés qui, bien souvent, auraient pu en apprendre long aux adultes. En fait, à leur contact, il était parvenu à s'accepter lui-même et à faire de cette solitude une source d'inspiration et de création.

Cependant, il y avait en cette femme, qui le poursuivait dans une quête qu'il comprenait mal, à la fois cette ressemblance et ces différences qui l'interpellaient. Réfléchissant sur ce qu'avait été sa vie, ou plutôt « ses vies », il devait convenir qu'il éprouvait davantage de regrets que de stigmates profonds. Après tout, avec le temps, on faisait ce que l'on voulait de ses souvenirs et c'étaient bien eux qui façonnaient une nouvelle existence. Par contre, il craignait que ce plongeon dans ces années disparues ne réveille en lui une plaie mal cicatrisée.

— Je venais prendre des nouvelles de Liszt, annonça Mathilde avant qu'il ne prononce la moindre parole qu'elle redoutait.

L'évocation du matou blessé permettrait d'entamer une conversation sans agressivité. Elle connaissait son attachement pour ce petit félin qui avait choisi de s'installer chez lui.

Il était arrivé un jour où Serge s'efforçait d'interpréter *Jeux d'eau à la Villa d'Este* de Frantz Liszt, dont la dimension poétique, jointe à une agilité pianistique, requérait une lourde gymnastique qu'il s'imposait dans la rééducation de sa main blessée. L'animal s'était installé au creux d'un fauteuil, sans crainte ni hésitation. Il n'avait pas bougé durant tout l'exercice, comme fasciné par les notes qui s'envolaient sous les doigts de Serge. Et, lorsqu'il fut question de lui attribuer un nom, celui de Liszt s'imposa.

— D'ici quelques jours, il n'y paraîtra plus… C'est le genre de blessure que le temps efface, ajouta-t-il presque dans un souffle, comme pour lui-même.

Mathilde enchaîna aussitôt, essayant de maintenir un calme qui n'était qu'apparent.

— Je ne tiens pas à être indiscrète. En fait, ce que je recherche ne concerne que moi et… Angie.

Le silence s'installa. Serge gardait les yeux baissés. Mathilde comprit qu'elle pouvait parler. Toutefois, elle aussi ne voulait pas entrer dans des détails trop personnels. Aussi n'évoqua-t-elle que brièvement cet héritage incompréhensible. Elle tut cette impression d'air de famille avec la cantatrice, se disant que, s'il ne l'avait pas remarqué, c'était qu'il n'existait que dans ses propres pensées.

Serge restait pensif. Il avait écouté sans mot dire malgré la contrariété que cette histoire lui procurait en l'obligeant à se retourner vers les régions silencieuses de son passé. Elle ne lui posait aucune question intime. Elle s'exprimait sobrement, ne s'attardant pas sur des précisions inutiles. Tout était clair et précis, sans fioriture : simplement comprendre la raison de cet héritage au travers de ce qu'aurait pu lui confier Angie.

— Malheureusement, je ne vais pas pouvoir vous aider. Angie ne s'épanchait pas. À vrai dire, je ne sais même pas d'où elle était originaire. Longtemps, j'ai cru qu'elle était précisément de Saint-Maximin puisqu'elle avait un jour déclaré que c'était là où tout avait commencé. Puis, avec le temps, j'ai compris qu'elle n'y avait aucune famille.

— Vous n'avez remarqué aucun accent ?

— À vrai dire, non ! Elle avait vraiment l'oreille musicale et apprenait comme personne les intonations des différentes langues dans lesquelles elle a chanté. Jusqu'au japonais ! Son français était neutre, peut-être légèrement chantant…

— Elle n'a jamais évoqué un lieu, un nom ?

— À part Saint-Maximin, franchement, non ! Un jour, elle a repris à son compte une phrase qu'elle venait de lire dans *Les Nourritures Terrestres* : « Famille, je vous hais ! » Avait-elle un compte à régler avec les siens, une abomination pour la famille ? Son divorce n'a certainement pas dû arranger les choses non plus. En tout cas, elle n'a jamais fait état d'une quelconque parentèle.

Les questions arrivaient lentement. Chacun réfléchissait sans trouver le moindre argument concret. Aucun des deux ne voulait évoquer cette apparence, ces faux airs qui rappelaient la chanteuse. Un subtil mélange d'appréhension et de discrétion. Le silence s'installa apportant une certaine gêne. Mathilde se leva pour partir.

— Repartez-vous bientôt ?

— Demain sera mon dernier jour, déclara-t-elle en ajoutant qu'elle espérait en apprendre un peu plus avec ses recherches auprès de l'état civil.

Au passage, elle passa doucement la main sur la tête du chat qui n'avait pas bougé. Il la gratifia de son habituel regard tranquille.

Tandis qu'elle regagnait la place Barboulin, elle se remémorait chaque phrase de leur discussion, ces silences lourds de non-dits d'une aventure qui ne la concernait pas, d'une complicité refusée masquée derrière un semblant de confiance. Pourquoi Angie, qui avait tout ordonné avant sa disparition, ne lui avait-elle pas laissé une lettre, aussi brève soit-elle, pour lui expliquer la raison de son geste ? Était-ce par manque de confiance ?

Le lendemain, le ciel s'était voilé de gris. L'air était englué d'une brume qui montait de la terre et masquait la ville. Les hirondelles volaient bas. Une dernière fois, avant la rentrée, Mathilde avait gravi le chemin pentu. Devant ce paysage étouffé, il lui sembla que la nature se dérobait à elle. Il ne lui restait que les odeurs fortes qui se dégageaient du sol, amplifiées par l'humidité ambiante.

Elle ramassa un petit caillou gris qu'elle garda longuement dans sa main avant de l'enfouir dans sa poche. Il représentait un peu de sa terre qu'elle emporterait avec elle. Cette terre qui lui manquait déjà.

Tout se brouillait de nouveau en elle. Lasse, le dos tourné au chemin, le regard égaré sur la courbe noire des montagnes lointaines, elle s'assit sur l'une de ces masses de granit millénaire, qui délimitaient son terrain. Plus que jamais, elle ressentit le besoin d'un compagnon à ses côtés. Le constat restait toujours aussi douloureux. Elle ne parvenait pas à lui donner un visage, mais celui de son époux perdu s'effaçait insensiblement.

Là, sur son rocher, tandis que son regard se perdait dans l'infini de l'horizon, la pensée de son départ tout proche la replongeait dans son désarroi, dans cette impression d'errance face à ce destin qu'elle assumait désormais seule. Des larmes lourdes et chaudes ourlèrent ses paupières, pour s'écouler lentement sur ses joues jusqu'à sa bouche.

Un pas appuyé la fit s'extraire de ses pensées. Il était là, Serge, l'air grave, sans arrogance, avec, au fond des prunelles, cet abîme de secrets qu'il s'évertuait à préserver.

À la vue de ses pleurs, il s'approcha d'elle jusqu'à la toucher. Mais le souvenir d'Angie, retrouvée dans un état semblable, le figea sur place, le rendant incapable du moindre mouvement : cette scène, il l'avait déjà vécue. Son cœur se mit à battre sourdement, à grands coups douloureux. Le passé semblait, une fois encore, le rattraper. Pourtant, désormais, ni lui ni elle n'appartenaient à ce monde d'antan.

Alors, il s'écarta lentement, affichant l'attitude de celui qui vient de commettre une indiscrétion. Il se mit à parler doucement.

— Un jour, un ami m'a dit : « Change de ciel, tu changeras d'étoile ! » Vous reviendrez ?

Ébauchant un sourire timide, elle passa ses mains sur ses joues pour les sécher.

— Bien sûr !

— Alors, revenez nous voir, Liszt et moi ! Et puis, arrêtez de jouer la Madeleine repentante ! Vos pleurs ne feront pas jaillir de source miraculeuse, comme les siens l'ont fait.

Elle le regarda s'éloigner jusqu'à ce que la colline le dissimulât à sa vue. Soudain, elle eut le sentiment que quelque chose manquait dans le paysage.

Le chemin du retour parut bien long à Mathilde, malgré le paysage qui se modifiait au fil des kilomètres. À la beauté sauvage de la Provence et à la platitude du delta du Rhône avaient succédé les collines languedociennes, éclairées d'une luminosité aux teintes de Toscane.

Quand, finalement, elle arriva à Clermont-l'Hérault, on approchait déjà de midi. Elle se gara non loin de la collégiale Saint-Paul pour regagner à pied l'étroite rue de la Fraternité, aux hautes maisons resserrées, à l'ombre des ruines du château féodal des Guilhem.

Il lui semblait qu'elle jouait trois personnages différents dans la pièce de sa vie. Elle les observait tour à tour et évoluait dans ces rôles qu'elle parvenait mal à assembler. Cependant, tous ces éléments épars commençaient insensiblement à se mettre en place, lui apportant un souffle de confiance et de combativité inhabituelles.

Sa boîte aux lettres contenait peu de courrier. Le pli qu'elle attendait s'y trouvait. Avec une anxiété difficilement contenue, elle décacheta l'enveloppe bistre, frappée du cachet municipal de Saint-Étienne. La réponse ne s'était pas fait attendre : une simple phrase négative accompagnée d'une formule de politesse aussi passe-partout qu'impersonnelle.

Sa déception ne fut que de courte durée. Nombreux devaient être les « Saint-Étienne » autres que la préfecture de la Loire. Elle aurait dû examiner plus attentivement l'acte de décès avant d'entreprendre cette démarche. Le département devait y être précisé. Elle s'empressa de ressortir le document laissé dans la pochette que lui avait remise Maître Corks, à New York. Effectivement, un « H » suivait le nom du lieu de naissance. Elle s'en voulut de ne pas avoir détaillé plus attentivement le papier officiel.

Son regard se figea à la lecture des prénoms de la mère de la défunte : Maria, Mathilda. Elle était stupéfaite et se sentit coupable d'avoir laissé échapper cette autre précision. Son cœur battait à tout rompre. Décidément, tout ceci devait avoir un sens. Il ne pouvait pas s'agir de simples coïncidences.

L'annuaire du département lui révéla trois villages possibles. L'un d'eux était tout proche. Mais, en cet après-midi de samedi, il était évident qu'elle trouverait porte close. Elle s'y rendrait dès lundi, à la première heure. Elle entreprit d'écrire aux deux autres mairies.

En attendant, il lui tardait de rejoindre sa mère, enfin rentrée au village depuis peu. La joie de la revoir l'emporta et occupa largement ses pensées. Ce retour sonnait comme une guérison et elle s'apprêta à aller la retrouver.

Depuis que Simone avait quitté la salle de soins intensifs de l'hôpital montpelliérain, Mathilde lui avait téléphoné tous les jours, ne serait-ce que pour entendre sa voix, quelques mots dont l'importance n'avait d'égale que l'amour qu'elle lui portait. Après trois semaines de repos, passées dans un établissement spécialisé, la malade avait enfin été ramenée dans son foyer.

Quand Mathilde arriva chez ses parents, sa mère, enfoncée dans un fauteuil, regardait le reportage télévisé consacré à Monseigneur Luciani qui venait d'être élu pape sous le nom de Jean-Paul Ier. Elle lui parut si vulnérable, lovée entre les coussins, une canne appuyée sur le bras du siège. Son père l'avait prévenue discrètement :

— Elle ne sera jamais plus comme avant. Il va falloir prendre grand soin d'elle : une émotion forte, une fatigue importante pourraient l'emporter.

Mathilde, qui n'avait plus revu sa mère depuis qu'elle avait quitté l'hôpital, était loin de s'imaginer son extrême fragilité. Avec difficulté, cette dernière se mit debout, refusant toute aide de sa fille. Elle avançait à petits pas, presque sans lever les pieds, précautionneusement, comme pour économiser ses mouvements. Les mots lui venaient difficilement. Mathilde, désemparée, restait interdite, la mâchoire serrée, retenant ses larmes qu'elle sentait venir gonfler ses paupières.

Son père travaillait dans son bureau, la porte gardée ouverte, contrairement à l'habitude, comme pour mieux surveiller son épouse. Il s'adonnait à un travail qui lui tenait à cœur depuis bien des années : l'écriture d'un ouvrage portant sur les progrès que l'on pourrait apporter dans la pratique de la médecine de campagne. Il avait entrepris la rédaction de ce manuel alors qu'il professait encore, notant consciencieusement tous les petits travers qui pouvaient être aisément rectifiés avec, la plupart du temps, simplement un peu de bon sens.

L'accueil fut chaud ; on échangea les nouvelles et on s'attarda surtout sur les progrès de Simone qui, radieuse, regardait sa fille avec un amour et une tendresse incommensurables, tandis que les yeux de son père reflétaient l'inquiétude. Il était bien évident pour Mathilde qu'elle devait taire, une fois de plus, ses questions.

La préparation de la rentrée des classes, arrêtée pour le jeudi suivant, et les visites à ses parents occupèrent largement ses dernières journées de vacances. Par contre, le soir, lorsqu'elle se retrouvait face à elle-même, dans son appartement exigu, tourments et doutes revenaient l'assaillir. Une lassitude s'emparait d'elle : tous ces freins dans sa recherche de la vérité, l'éviction de cette société normalisée que lui valait son statut sulfureux de femme divorcée et libre, avec, par-dessus tout, cette impossibilité à partager ses doutes, ses joies, ses élans, ses déceptions, et à se confier et à s'épancher. En outre, l'état très critique de sa mère primait et accentuait ce besoin de partage. Tout cela remontait en vagues successives et perturbatrices, tandis que la nuit installait son silence et son immensité.

Le lundi, pétrie d'impatience, elle prit la route très tôt pour se rendre au hameau de ce Saint-Étienne proche de Clermont. Elle se présenta alors que le secrétaire de mairie venait à peine d'ouvrir l'étroite pièce qui servait de bureau.

Il avait beau se pencher à nouveau sur le registre à la demande insistante de Mathilde, il ne trouvait rien. Maugréant, il répétait :

— Encore une fois, je vous dis que nous n'avons pas de Ginette Robin dans nos registres.

Mathilde chercha à se raisonner, mais elle se laissait gagner par une contrariété insidieuse. Pourtant, tout n'était pas perdu puisqu'elle attendait deux autres réponses.

Le courrier tant souhaité arriva enfin, chassant les angoisses et distillant à nouveau l'espoir. Ginette Robin était bien née à Saint-Etienne-le-Montueux. Sa filiation était précisée. Il ne restait donc plus qu'à se mettre à la recherche des membres de cette famille. Mathilde ne voulait pas s'emballer, redoutant une nouvelle déception, mais elle maîtrisait mal son émotion. Dès qu'elle le put, elle prit la route pour gagner Saint-Étienne-le-Montueux, distant d'une trentaine de kilomètres, là-haut sur les Terrasses du Lodévois, et abrité par les falaises calcaires du cirque du Bout-du-Monde.

Passé Lodève, elle bifurqua et prit la direction de Soubès. Elle suivit une route large et sans sinuosité, au travers d'une campagne de vergers en terrasses, de vignes et de champs parsemés de mazets et de capitelles. Quelques fermes dispersées annonçaient la proximité du village. La mairie se trouvait en contrebas.

Le cœur du hameau s'étalait en arc de cercle, plus haut, autour de l'église. Il ne comptait que quelques robustes maisons de pierre claire, aux toits de tuiles brunies, blotties les unes aux autres, un épicier, un boulanger et l'incontournable café.

Les services municipaux ne purent lui en apprendre davantage, les commerçants non plus. Mathilde restait persuadée qu'elle parviendrait enfin à glaner d'appréciables informations.

« La famille n'habitait plus le hameau lorsque j'y suis arrivé », revenait en litanie. « Vous devriez vous rapprocher des anciens » !

Les meilleurs historiens de leur village étaient sans conteste ces papés qui, une fois leur sieste finie, regroupaient leurs chaises et s'installaient, protégés par l'ombre bienveillante des platanes touffus de la place, jusqu'à l'heure du souper. Mathilde s'avança vers eux et les salua. Pour eux, elle n'était qu'une touriste de plus. Par contre, leur intérêt s'éveilla quand elle leur précisa ses racines régionales et lorsqu'elle commença à les questionner.

— Ginette Robin ? Non ! Je ne vois pas.

— Et attends ! C'était pas la fille de la Polonaise ? Si si, c'est ça ! J'y suis !

Et aux « tu t'en souviens ? » succédèrent enfin des « pardi ! » qui apportèrent une large bouffée d'espoir à Mathilde.

— La Polonaise, c'était l'ancienne boulangère. Ça remonte bien avant la guerre et même la première. Lui, le père Robin, était arrivé jeunot au village. Par contre, d'où il venait, je n'en sais trop rien. Un « gabache » certainement, comme tous ces Audois qui nous envahissaient alors. En tout cas, il avait repris la boulangerie et il faisait du bon pain, à ce qu'en disaient les parents.

Le récit s'était enclenché aisément. Les langues se déliaient et c'était à qui apporterait son anecdote parmi ceux qui avaient connu cette famille Robin qui, en son temps, avait défrayé la chronique villageoise. Mathilde s'emparait du moindre détail, évitant d'intervenir de peur que les conteurs n'abrègent ou ne perdent le fil de leur récit.

En fait, avant que n'éclate la « Grande Guerre », les Robin menaient une existence paisible. L'union d'un jeune boulanger pas regardant sur sa fatigue, et d'une jeune fille étrangère au pays, consacrée par la naissance d'une petite fille suivie quatre ans plus tard par celle d'un garçon ; une boulangerie qui avait su fidéliser sa clientèle ; un bonheur paisible.

Mais, le 1er août 1914, le gouvernement français lançait un ordre de mobilisation générale. Devant un conflit d'usure qui s'installait et l'importance des pertes humaines, en février 1915, la classe 1892 fut appelée à son tour, entraînant au front deux jeunes gens du village, dont Clément Robin, le boulanger.

Son épouse le remplaça vaillamment et efficacement au fournil, tout le temps que dura cette guerre. Lorsque Clément rentra enfin, les poumons gravement abîmés par les gaz toxiques, celui-ci ne put reprendre son activité que très partiellement. Après l'enfer vécu, il n'avait plus rien à voir avec le jeune homme enjoué qu'elle avait connu autrefois. Il revint brisé tant physiquement que moralement, gagné par une irritabilité et une intolérance insupportables. Il voulut reprendre sa place de chef de famille, place que la nature lui avait impartie, et reléguer « à ses fourneaux » celle qui avait tout assumé vaillamment pendant son absence forcée.

Or la boulangère ne l'entendait plus de cette oreille. Durant ses années d'absence, elle avait travaillé pour deux, se chargeant seule du fournil, du commerce et de la maisonnée. Aussi n'était-elle plus d'humeur à accepter la moindre remontrance ou la moindre directive, et des éclats de voix de plus en plus fréquents résonnaient, malgré les murs épais de la boulangerie.

Elle avait déclaré tout de go à son époux qu'elle ne voulait en aucun cas d'un autre enfant. Elle avait déjà bien assez à faire pour continuer à tout gérer, d'autant plus qu'il ne parvenait pas à lui apporter une aide réellement efficace dans la bonne marche de leur commerce. Aussi, la réaction de la jeune femme fut très vive quand elle découvrit qu'elle était de nouveau enceinte.

Cette future naissance aurait pourtant pu être une consolation, car la grippe espagnole venait d'emporter ce fils qui leur était né, peu de temps avant que n'éclatât la guerre. Il n'en fut rien. Le couple s'entre-déchira et chacun s'isola. Il n'était, dorénavant, plus question de partager la même couche.

Une petite fille, qu'ils baptisèrent Ginette, naquit quelques mois plus tard. Une enfant dont sa mère ne voulait pas. Rejetée, elle se rapprochait du père, en quête d'un regard, d'un geste de tendresse. Il répondait à son attente, parfois maladroitement, mais sans brusquerie, presque avec complicité. Pourtant, personne ne pouvait reprocher à la boulangère de ne pas tenir, comme il convenait, sa maisonnée.

Puis d'un verre à l'autre, pour se donner courage lorsque la fatigue s'installait, la jeune mère devint dépendante de ce vin dont les bouteilles s'entassaient à la cave. Prise d'ébriété, elle perdait alors toute mesure jusqu'à atteindre l'obscénité. Les clients désertèrent. La santé de Clément déclinait de jour en jour. Il devenait évident que ses années lui étaient désormais comptées.

Ginette se retrouvait livrée à elle-même. Lorsqu'elle regagnait la maison, ce n'était que pour entendre cris et lamentations, reproches maternels. « Je ne voulais pas de toi et je n'en veux toujours pas » s'avérait une drôle de comptine pour une enfant qui attendait tout des siens. Alors, elle prit l'habitude de s'échapper.

Là, sur la place communale de Saint-Étienne, le récit semblait toucher à sa fin. Les commentaires des anciens s'enchaînaient moins facilement, s'entrecoupant de profonds et longs soupirs. Les silences s'installaient. Pour Mathilde, les questions se bousculaient. Elle commençait à discerner la personnalité de cette femme et ses motivations à éradiquer son passé.

— C'est vrai que, la petite, elle a eu la vie dure.

— En tout cas, elle non plus n'est pas restée. Elle a été placée chez des bourgeois de la ville de Clermont, il me semble. Elle devait bien avoir déjà neuf ou dix ans.

Cependant, aucun des narrateurs ne put préciser à Mathilde le nom de cette famille qui avait pris la petite à son service.

— Une ou deux fois, elle est revenue. La dernière fois, c'était pour l'enterrement de sa mère. Elle avait bien changé. Proprette, bien habillée. Une dame, bien mise, avec un monsieur l'accompagnaient. Quand la cérémonie a été finie, ils sont repartis en voiture et on ne l'a plus jamais revue au village.

Une question titillait Mathilde depuis le début du récit. Pourquoi ce qualificatif de « Polonaise » ? Le nom de jeune fille de la boulangère avait une consonance banale qui n'évoquait en rien ces pays du Nord européen. Dans un grand éclat de rire, repris en chœur par l'assistance, l'un des anciens lui précisa :

— Tout simplement parce qu'elle était étrangère. D'où ? On ne sait pas bien. On disait qu'elle venait de Yougoslavie. Mais, ce qui est certain, c'est qu'elle buvait comme un Polonais. Une véritable peillarote, comme on dit chez nous !

Cette remarque, loin de l'amuser, résonna douloureusement aux oreilles de Mathilde. Cependant, elle se garda de toute réflexion et poursuivit.

— Vous m'aviez dit qu'il y avait un autre enfant, l'aîné.

— Oui, une jolie fille qui, dès qu'elle l'a pu, a quitté le domicile. Un bien beau brin de fille… Elle est partie en Indochine. Paraît-il qu'elle a bien réussi là-bas, c'est ce qui se disait. Elle non plus n'est jamais revenue. Pour l'enterrement de la boulangère, il n'y avait personne d'autre de la famille que la petite et puis le maire et des gens du village et aussi ce couple qui venait de la ville.

L'heure du dîner approchait. Un à un, les papés s'excusaient et chacun regagnait son foyer respectif. Mathilde était de nouveau atterrée : une fois de plus, le fil se rompait. Par contre, elle cernait mieux le personnage d'Angie qui avait rayé de sa vie une famille qui n'avait fait que la blesser.

Sur le chemin du retour, elle ne pouvait ôter de son esprit cette enfant constamment repoussée, mise en accusation de vivre, simplement. Comment une mère pouvait-elle en être arrivée à un tel point de rejet ? Comment construire un avenir lorsque l'enfance a été aussi bousculée et malmenée ? Mémoire sélective, préservatrice ! Un fort sentiment de malaise s'empara d'elle.

Elle aussi connaissait à présent les meurtrissures infligées par la vie. Mais, de là à s'en prendre à sa propre enfant, rejeter sur elle ce que l'on n'est pas capable d'assumer, la réalité dépassait l'imagination !

Elle repensa avec une tendresse infinie à sa mère qui l'avait peut-être trop préservée des dangers de la vie, mais qui l'avait entourée d'un amour indéfectible. Cette mère dont le futur était, dorénavant, si chancelant et compromis.

Toujours méthodique, Mathilde avait couché dans un cahier toutes les informations qu'elle avait pu glaner. Dans la marge, elle inscrivait remarques ou interrogations qui en découlaient. Cela lui permettait également de réfléchir sur ce qu'elle avait appris et de prendre du recul pour les prochaines étapes. Même si le découragement pointait parfois, elle restait fermement décidée à aller aussi loin que possible dans ses investigations.

La rentrée des classes occupait largement son esprit et son temps. Elle enseignait l'anglais dans trois classes différentes et assumait la responsabilité des élèves de cinquième. La première semaine s'acheva dans le brouhaha d'une envolée d'élèves excités à force d'attendre la cloche libératrice.

Elle apprécia d'abord le silence de son appartement, puis, bientôt, se trouva désemparée, comme après une fête, lorsqu'il fallait tout ranger. Du regard, elle inspectait le mobilier et les bibelots, à la recherche d'un simple objet qui la rassurerait, la tranquilliserait. Ambiguïté d'une reconnaissance dans un décor habituel où les choses revêtaient des allures moins familières.

Ses pensées s'envolèrent vers Ginette. Le refus, voire la haine de sa mère. Comment pouvait-on vivre alors qu'on était rejeté par sa propre mère ? Comment une mère pouvait-elle ignorer son enfant ? Que serait-il advenu d'elle, si elle avait dû affronter une situation semblable ? Mais la question ne se posait même pas. Elle avait été souhaitée et aimée, de même que l'avait été Aline.

Elle éprouvait de l'affection pour cette Ginette inconnue que l'enfance blessée avait dû marquer à vie. Se prenant au jeu de la découverte de son histoire, elle pressentait qu'arriverait bien le moment où leurs routes se croiseraient…

La sonnerie du téléphone la tira de sa léthargie. La voix de son père semblait étouffée, fatiguée, lointaine. Elle redouta aussitôt que sa mère ait eu un nouveau malaise.

— Maman ? commença-t-elle, promptement interrompue par André Bolant.

— Non ! C'est moi qui suis à l'hôpital. À Lodève, précisa-t-il. On vient de m'opérer de la prostate.

— Pourquoi ne m'as-tu pas prévenue plus tôt ? Et maman ? Elle est restée seule ?

André Bolant ne répondit pas, mais poursuivit en se lamentant sur ce mauvais tour que lui jouait le sort.

— Tu te rends compte… À mon âge, subir une intervention…

Pour la première fois, Mathilde entendait son père s'épancher sur lui-même. Elle en fut d'autant plus choquée que celui-ci ne semblait se préoccuper que de lui-même, oubliant l'état autrement plus grave de son épouse. Il est vrai qu'elle ne souvenait pas l'avoir vu souffrant. Cette opération, relativement anodine pour un homme de son âge, cachait-elle, en fait, un diagnostic beaucoup plus lourd ? Elle se rassura en se disant que, dans ce cas-là, il aurait été dirigé sur un hôpital de Montpellier.

Elle choisit quelques vêtements et prépara un sac de voyage : elle s'installerait chez ses parents en attendant le retour de son père. Il y avait déjà un peu plus d'une semaine qu'elle n'était pas retournée chez les siens.

Son étonnement fut grand quand elle vit sa mère marcher d'un pas plus assuré et s'orienter sans problème dans la maison, et quand elle l'entendit parler avec plus de facilité.

Toutefois, son territoire se limitait encore au premier étage de la demeure familiale et de la terrasse qui ouvrait sur le jardin.

Cependant, très rapidement, Mathilde alla de surprise en surprise : sa mère se fatiguait vite, ce qu'elle pouvait aisément comprendre. Par contre, ce vocabulaire qui lui échappait et cette confusion des mots l'interpellèrent douloureusement.

— Je ne veux pas qu'il aille à Lodève, répétait-elle à la moindre occasion.

Tout d'abord, Mathilde avait attribué ce refus au fait qu'on lui avait enlevé son mari. Puis il lui revint en mémoire que Lodève résonnait douloureusement aux oreilles de sa mère et la blessait telle une épine au cœur d'une femme trompée. À plusieurs reprises, elle avait saisi des bribes de conversations qui prenaient presque des allures de dispute entre ses parents. Des bruits avaient couru : c'était là-bas que son père s'oubliait parfois dans les bras d'une infirmière que l'on disait beaucoup plus jeune que lui. Il est vrai que le médecin était bien souvent maître de son temps et que les années semblaient avoir peu de prise sur lui.

Elle avait toujours refusé de croire à ces ragots, d'autant plus que la dame en question était dûment mariée à un viticulteur du Bosc. Mais la rumeur était tenace et perdurait malgré l'âge avancé des protagonistes. C'était, toutefois, oublier que l'infirmière si dévouée affichait presque quinze ans de moins qu'André.

Le lendemain matin, elle trouva sa mère reposée et enjouée, avec toujours le même regard empli de tendresse. Cependant, elle s'irritait facilement. Son esprit était confus. Elle employait des mots qui ne correspondaient pas aux choses qu'elle voulait désigner. Aussi l'incompréhension régnait-elle parfois entre les deux femmes.

Lorsque Simone s'abandonna à une sieste profonde, Mathilde s'enhardit et entreprit d'inspecter le bureau de son père. Elle se donna bonne conscience en se disant qu'il était temps qu'elle se plongeât dans les affaires de famille. En réalité, elle partait à la recherche d'Angèle, du moindre indice qui pourrait la faire avancer dans ses investigations.

Elle retrouva, sans mal, l'historique de leur famille. Tout était soigneusement répertorié, classé. Elle refermait délicatement les dossiers après les avoir inspectés. Il ne fallait pas que son père puisse se douter qu'elle les avait compulsés. Elle commençait à désespérer lorsqu'elle repéra une grande et épaisse enveloppe d'un gris passé, qui ne portait qu'une simple mention écrite au crayon : « G ». Le cœur battant, elle la retourna pour l'ouvrir. Elle était fermée, et la colle résistait. Mathilde repensa au bon vieux système de la vapeur d'eau.

Un bruit, du côté de la chambre de ses parents, l'alerta. Instinctivement, elle s'empara de l'enveloppe et la glissa dans son sac. Elle entrouvrit discrètement la porte et constata qu'une revue gisait au pied du lit, justifiant certainement ce bruit qui l'avait surprise. Sa mère dormait profondément ; sa respiration était un peu forte, mais tout à fait régulière. Elle referma la porte avec le même soin et ressortit l'enveloppe.

Ce pli lui brûlait les mains tandis qu'elle le tournait et le retournait. En outre, elle avait l'impression que le regard de sa mère était constamment posé sur elle. Pourtant, la vieille dame resterait encore couchée un bon moment. Alors, tremblante, elle entreprit la minutieuse opération de décollement.

Elle était loin de se douter de ce qu'elle découvrit. Cela dépassait tout ce qu'elle espérait trouver : un papier, dûment estampillé par les services officiels, signalait qu'une femme confiait à André Bolant la tutelle de sa fille alors âgée de onze ans. Mathilde, abasourdie, gardait les yeux rivés sur la feuille ; ses réactions étaient annihilées par le choc de la révélation. Le nom de l'enfant, calligraphié avec soin et élégance et qui s'étalait en grandes lettres, n'était autre que celui de Ginette Robin.

Lorsque, enfin, elle se ressaisit, elle compulsa un à un les autres documents. Il s'agissait de rapports scolaires, accompagnés de factures d'une école toulousaine, puis de celles d'un conservatoire de musique, toujours à Toulouse, et enfin de celles d'un atelier lyrique de Paris, au tout début des années 40. Elle trouva également une liasse de lettres rédigées avec application à la plume. L'écriture lui rappelait celle du mot qu'elle avait découvert dans le coffre de l'appartement parisien. Aucune de ces missives n'était bien longue et il ne fut pas difficile à Mathilde de les parcourir rapidement. Elles marquaient les grands événements annuels et se terminaient généralement par des remerciements et une brève attention qui la concernait nommément. À plusieurs reprises, elle releva la même phrase dans laquelle Ginette assurait les Bolant qu'elle ne décevrait jamais leurs attentes.

Une impression de soulagement envahit, alors, Mathilde. Elle était allée rechercher loin une solution qui était toute proche d'elle. Pourtant, à trop s'ingénier à trouver des réponses depuis le début de cette aventure testamentaire, son esprit se posait systématiquement en critique. Pourquoi avoir caché cette tutelle ? Il n'y avait rien de répréhensible dans le fait d'accompagner une enfant en détresse. À moins que… Elle chassa aussitôt l'idée qui venait de s'emparer d'elle, mais celle-ci s'imposa de nouveau à elle. À moins que cette petite Ginette ne soit née d'une fredaine extraconjugale de son père. Après tout, on lui connaissait bien une relation avec cette infirmière de Lodève. Ce qui, finalement, expliquerait bien des choses : cette subtile ressemblance avec elle, l'éloignement de Ginette dont la présence pouvait heurter Simone…

Elle décida de garder l'enveloppe avec elle et de photocopier les principaux documents. Elle avait le temps de la replacer, son père resterait encore trois jours à l'hôpital.

Ses pensées s'envolèrent vers sa mère. Comment avait-elle pu supporter les incartades de son mari ? Comment aurait-elle réagi si elle-même avait dû affronter les mêmes épreuves ? Probablement, elle aurait ravalé son amour-propre, tu sa peine et continué à assumer son rôle d'épouse passive. Au fond d'elle-même sourdait la révolte. Il devenait évident qu'elle changeait, s'affirmait, car ce qu'elle aurait pardonné, il y a encore peu, aujourd'hui, elle ne le tolérerait plus. De cela, elle était désormais convaincue.

En fait, ce n'était plus la rupture d'avec Pierre qui la blessait le plus. Elle se retrouvait confrontée à un mélange d'amour-propre et de rancœur, auquel s'ajoutaient l'affrontement de cette solitude redoutée et déstabilisante, l'indisponibilité de celles qui avaient été ses amies, ces portes qui se refermaient devant elle, parce qu'étant seule elle devenait presque l'ennemie : pour ceux qui vivaient en couple, le troisième personnage faisait figure d'intrus diabolisé.

Elle sursauta. Perdue dans ses considérations, elle n'avait pas entendu arriver sa mère. Comme elle avait l'air fragile ! Son cœur se gonfla de tendresse pour cette femme, si précieuse, qui lui avait consacré son amour et ses soins, mais qui, à présent, à son tour, avait besoin d'elle.

On aurait dit que Simone se rassurait en prononçant le prénom de sa fille, qu'elle répétait à loisir tandis qu'elle ne demandait aucune nouvelle de son mari hospitalisé. Après ce qu'elle venait de découvrir, Mathilde ne s'en offusquait pas. Loin de là ! La douce voix de sa mère résonnait, immortelle, chargée d'amour, à ses oreilles. L'essentiel était qu'elle se rétablisse et qu'elle retrouve sa place au sein de son foyer. Une fois de plus, une remarque de la part de sa mère déclencha comme une alarme en elle. Simone insistait avec véhémence pour avoir une « tomate » de la corbeille de fruits.

— Mais si ! Regarde, là, fais-moi passer une tomate !

Mathilde avait failli lui rétorquer qu'il n'y avait que des grappes de raisin et des pommes, mais se retint. Observant l'entêtement de la vieille dame, elle comprit que cette dernière avait de plus en plus de difficulté à percevoir monde qui l'entourait. « Ne vous attendez pas à un miracle, malheureusement, surtout si elle régresse », leur avait déclaré le professeur qui l'avait suivie.

La peur de la perdre la submergea de nouveau, alors qu'elle l'avait crue tirée d'affaire. Désormais, le temps lui semblait compté. Mathilde gardait les yeux braqués sur elle, à la recherche du moindre détail qui viendrait contredire ses craintes. Malgré l'évidence, Mathilde ne voulait pas y croire. La mort représentait toujours une défaite, même si elle était inéluctable. En tout cas, elle devait taire sa panique, ne serait-ce que pour rassurer celle qui, doucement, s'en allait.

Depuis sa sortie de l'hôpital, André Bolant gardait un air morose. Il avait parfaitement conscience de l'irréversibilité de l'état de santé de son épouse. Chaque jour, il constatait la dégradation progressive de celle qui avait partagé sa vie depuis tant d'années, qui l'avait accepté avec ses défauts et qui avait su rester à ses côtés, envers et contre tout. Et maintenant il était impuissant à l'aider, lui qui avait assisté tant de patients !

Néanmoins, par-dessus tout, une chose l'exaspérait : la mémoire de Simone défaillait un peu plus chaque jour. Elle l'excluait bien souvent, tandis qu'elle ne cessait d'évoquer ou de réclamer Mathilde. Cette dernière avait bien relevé cet agacement. Comment faire comprendre à ce père, devenu un mari exclusif, voire jaloux, qu'elle n'était pas une rivale, mais simplement leur enfant à tous les deux, et qu'elle avait toujours autant besoin de ses parents ?

Puis, un jour, après un dernier « Mathilde », Simone s'écroula, terrassée par une nouvelle hémorragie cérébrale. Quand l'ambulance arriva à Montpellier, elle avait déjà sombré dans un coma dépassé. Une semaine plus tard, tout était terminé.

Dans le petit cimetière de campagne, il y avait foule. Les Bolant avaient toujours fait figure de notables et la famille de Simone était respectée, depuis plusieurs générations déjà. À chaque fois que l'un des anciens décédait, c'était un volet du patrimoine local qui se refermait à jamais, et le village rendait spontanément hommage à celui qui venait de s'éteindre.

À l'annonce de la disparition de celle qui avait été sa belle-mère, Pierre Desprades s'était déplacé pour la cérémonie d'enterrement. Il avait signé le registre sur la petite table recouverte de noir, devant l'entrée de la maison, puis avait frappé pour qu'on lui ouvre. À sa vue, Mathilde, malgré son chagrin, se crispa comme si un éclair lui labourait le cœur.

Il y avait plusieurs mois qu'elle ne l'avait revu. En fait, leur dernière rencontre remontait à ce jour où le jugement de leur divorce avait été prononcé. Malgré tout, il lui sembla qu'il n'était parti que depuis la veille. Rien ne semblait avoir changé : ni son regard éloquent et enrobant, ni le ton de sa voix, ni ses silences, ni ses mots… Subitement, tout remontait en elle.

Quand il s'approcha d'elle, elle se jeta instinctivement dans ses bras. Il la garda, quelques instants, serrée contre lui. Des sanglots la secouaient. Elle s'abandonnait, le cœur serré, en proie à une étrange détresse mêlée d'incompréhension et de rébellion. Elle se ressaisit bien vite et s'écarta de lui. Aline avança vers elle et lui entoura tendrement les épaules.

Mathilde appréciait le réconfort que sa fille lui apportait discrètement. Cette dernière s'était toujours tenue auprès d'elle pendant tout le temps que se déroula la cérémonie des obsèques. Les traits de la jeune femme s'étaient durcis, comme figés par le refus. Mathilde s'en voulait de ne pas afficher la même force de caractère que sa propre fille. Elle connaissait pourtant sa souffrance. Les liens qui unissaient Aline à sa grand-mère étaient forts.

Pour la première fois, toutes deux se trouvaient confrontées à la mort. Elles l'avaient, certes, déjà côtoyée avec le décès de personnes qui leur étaient relativement proches. Manifestant leur amitié ou leur affection, elles avaient été malheureuses pour ceux qui restaient. Mais, à présent, elles mesuraient combien les choses étaient différentes lorsqu'elles vous frappaient directement.

Lorsque tout fut fini et tandis que chacun se fut retiré, Pierre s'était attardé auprès de cette famille qui, au travers d'Aline et d'un passé commun, restait malgré tout la sienne. Mathilde releva la tête et l'observa. Il lui était à la fois familier et pourtant si différent, éloigné des souvenirs qu'elle entretenait. Son départ avait tout bousculé, tout perturbé.

Elle se mit à lui en vouloir farouchement. Sa rancune s'amplifiait, violente, incontrôlée. Ses griefs s'emparaient d'elle comme un vertige dans lequel elle se noyait. Il avait choisi d'aller vivre ailleurs, avec une autre, de créer un nouveau foyer. Il n'avait plus sa place ici. Il fallait qu'il parte ! Comme un automate, elle le suivit des yeux quand il sortit, mais sans le voir, comme s'il n'avait été qu'une illusion.

La maison sembla déserte à Mathilde. Elle eut froid et fut envahie par l'impression de désolation insidieuse et de misère qui imprégnait les lieux. Même dans le coma, incapable de toute réaction, sa mère était toujours présente, concrète. Tandis qu'à présent le vide s'installait. Un vide bien différent de celui qu'elle avait connu lorsque Pierre l'avait quittée. Un vide sans espoir, un vide définitif, que même la mémoire n'arriverait jamais à combler. Comment pouvait-on concevoir le néant, intégrer cette notion de « pour toujours » qui échappait à l'entendement humain ?

Chaque jour, après les cours, Mathilde regagnait le village. Elle préparait le souper de son père, s'occupait de la maison comme l'aurait fait sa mère. Inconsciemment, elle répétait les gestes maternels, entourée de multiples détails qui lui renvoyaient de plein fouet la réalité. Le visage de sa mère s'imposait souvent, souriant, rassurant. Des larmes brûlantes envahissaient alors les yeux de Mathilde. Ses nuits, aussi, étaient perturbées par la vision de sa mère qui continuait à s'adresser à elle. Très rapidement, elle finit par attendre ces rencontres oniriques qui lui ramenaient l'absente. De quel droit l'avait-on privée de sa mère ?

Un soir, tandis qu'elle s'affairait dans la cuisine, son père, qui se contentait de la regarder sans jamais lui apporter la plus petite aide, lui déclara, plaintif :

— Quand même, les femmes, vos journées sont bien lourdes, surtout lorsque vous occupez aussi un emploi à l'extérieur !

Mathilde, dont les profonds cernes violets attestaient la fatigue, ne put s'empêcher de lui répondre :

— Papa, ce n'est pas nous plaindre qu'il faut ! C'est nous aider, tout simplement !

Elle était loin de s'attendre à la réaction vive que sa réplique allait susciter et au ton presque haineux avec lequel son père voulut la remettre à sa place en insistant sur le rôle que la nature, puis les civilisations, avaient départi à chacun des sexes. Elle se retint de répliquer, contenant sa colère autant par respect que par crainte filiale. D'autre part, elle le savait malheureux.

Cependant, à chaque fois qu'elle regagnait Clermont, dans le calme de son appartement, et qu'elle réfléchissait à cette tension qui existait entre eux, elle ne comprenait pas l'animosité de son père à son encontre. Certes, la fierté avait toujours dicté sa conduite ; cependant, on aurait pu croire qu'il lui reprochait d'être présente alors que sa mère n'était plus là. Pourtant, elle ne cherchait pas à prendre sa place auprès de lui, elle voulait simplement l'aider à s'habituer à une solitude dont elle connaissait les affres. Le dialogue devenait difficile entre eux. Il n'était pas prêt à l'écouter.

À chacune de ses visites, Mathilde ne parvenait pas à amener la conversation sur les documents qu'elle avait découverts. Les mots lui brûlaient les lèvres, mais n'arrivaient pas à s'échapper. Pourtant, plus que jamais, elle avait besoin de savoir.

On approchait des vacances de mi-trimestre et Mathilde aurait aimé retourner à Saint-Maximin, ne serait-ce que quelques jours. Cependant, sa liberté passait par la clarification de sa relation à Angie et il apparaissait que seul son père détenait la clef de ce mystère.

Novembre s'installait, nappant, par places, de brouillards traînants une mosaïque de vignes roussies, que les premiers vents frais commençaient à dépouiller. Des fossés, humides de la nuit, s'élevaient des odeurs âcres d'une nature en fermentation. Pourtant, le ciel restait clair et la journée s'annonçait belle.

Ce matin-là, Mathilde se sentait légère. Après une nuit brumeuse, elle s'était levée décidée et sûre d'elle. Elle interrogerait son père, et tant pis pour les commentaires acerbes que sa curiosité entraînerait ! Quant à son indiscrétion, si elle devait l'évoquer, elle ne voulait même pas envisager la réaction de son père. Après tout, depuis le début, celui-ci ne lui avait-il pas caché la vérité, allant même jusqu'à lui mentir effrontément lorsqu'elle l'avait questionné sur la présence des photos d'Angèle dans le grand album familial ?

À son grand étonnement, elle le trouva affairé à remplir un sac de voyage. Avant même qu'elle ne le questionne, il lui précisa qu'il partait se reposer quelques jours à la montagne. Ce que Mathilde pouvait aisément comprendre. Après tout ce qu'il venait de traverser, malgré un âge avancé, il gardait la prestance qu'elle lui avait toujours connue, inspirant le respect de son entourage. « C'est encore un bel homme ! » ne put s'empêcher de penser Mathilde qui esquissa un sourire à la pensée de son père toujours séducteur.

Elle s'apprêtait à aborder le sujet qu'elle ne voulait plus remettre à plus tard, surtout depuis qu'elle avait appris son absence pour les jours à venir. À cet instant précis, le téléphone sonna, itératif, impératif. Lorsque André décrocha,

Mathilde fut surprise d'entendre son père changer de ton : on n'en était pas à la tendresse, mais l'autoritarisme habituel faisait place à la complicité.

— Ne t'inquiète pas ! Je serai prêt. Tu peux venir me prendre après la sieste, sur le coup de trois heures. J'en aurai terminé ici.

Bien entendu, Mathilde avait tendu l'oreille. Ainsi donc, il ne partait pas seul… Trois heures… Il fallait qu'elle se décide maintenant. Le temps lui était compté. D'autant plus que son père affichait toujours une ponctualité presque sans faille dont il se faisait une fierté. Avant même qu'elle ne finisse sa phrase, il l'interrompit.

— Je suppose que tu as compris que je ne partais pas seul. Denise, mon amie, vient me chercher. Nous allons ensemble passer quelques jours dans les Pyrénées, à Amélie-les-Bains. Elle y a un petit appartement.

Mathilde crut que le ciel s'ouvrait et déversait, sur sa tête, des trombes d'une eau glaciale. Ainsi donc, tous ces ragots qu'elle avait refusés s'avéraient justifiés ? Comment avait-il pu mener aussi froidement une double vie ? Que lui restait-il encore à découvrir ? Comme s'il lisait dans ses pensées, le vieux médecin poursuivit calmement :

— Et alors ? Elle est veuve et maintenant je le suis aussi. Or un homme ne peut pas rester seul. Nous ne sommes pas programmés pour ça. Tu as été la première à le constater, d'ailleurs, voulut-il ajouter comme pour se justifier.

— Mais… et maman dans tout ça ?

— Ça n'empêche pas les sentiments pour ta mère, mais elle ne reviendra pas. Denise et moi, nous nous connaissons depuis tant d'années ! Je n'ai jamais voulu laisser ta mère pour elle. Seulement, maintenant qu'elle nous a quittés, je suis libéré de mes engagements. Nous ne faisons que réunir deux solitudes. Il n'est pas question d'effacer quoi que ce soit.

Mathilde en avait oublié qu'André, avant d'être un père, était d'abord un homme, un homme avec toutes ses faiblesses, ses lâchetés, mais aussi ses sentiments, les mêmes peurs et les mêmes tourments qu'elle traversait. Un homme finalement tout aussi inconstant que ce mari qui s'était jeté dans les bras d'une autre. L'espace d'un instant, elle se sentit flouée et lui en voulut.

Elle repensa subitement à la réflexion d'Aline lorsqu'elle avait appris la prochaine paternité de Pierre. Pourquoi refuse-t-on aux parents ce que l'on accepte pour soi et que l'on tolère chez les autres ? Malgré tout, elle eut l'impression de perdre sa mère une seconde fois.

Ce dernier aveu s'était fait simplement, presque sur le ton de la confidence, comme si André se sentait pris en faute. Le moment s'avérait propice pour exploiter ce rare instant d'épanchement, pour s'exprimer d'égal à égale. Sans même en avoir conscience, elle aborda de front ce père qui l'avait toujours impressionnée. Les questions plus intimes viendraient plus tard, après les explications. Elle lâcha lapidairement :

— Pourquoi as-tu obtenu la tutelle de Ginette Robin ?

Le regard de son père se durcit en se plantant dans celui de sa fille. Elle le soutint sans sourciller. Le moment était arrivé où il n'était plus question de faux-fuyants. Cela prendrait le temps nécessaire, mais elle ne lâcherait plus prise.

— Je pars bientôt et j'ai encore à faire. On remet ça à mon retour.

— Tu ne vas pas fuir. C'est trop tard pour reculer. À présent, j'en sais trop pour m'en contenter, j'ai droit à la vérité ! Tout ce que j'ai pu apprendre me ramène à vous, toi et maman.

Jusqu'à présent, jamais André n'avait constaté une telle détermination dans la voix de sa fille. Ses idées se bousculaient. Il avait toujours eu conscience qu'un jour il devrait se délivrer du secret de leur vie. Tant que Simone était vivante, il avait respecté le pacte qui les liait. Le moment devait être venu…

Sur une dernière bravade, il accusa vivement sa fille d'avoir profité de son éloignement pour fouiller son bureau. Froidement, sans réagir à l'agression verbale, elle l'avoua sans le moindre scrupule. Elle menait enfin ce jeu, tandis qu'il venait d'en perdre le contrôle, et sa demande prenait des accents d'ultimatum.

Alors, comprenant qu'il ne trouverait pas d'échappatoire, André chercha ses mots. Les premiers furent difficiles à venir. Puis tout s'enchaîna rapidement, de plus en plus facilement. Le récit débuta.

— En fait, tout a commencé à Lodève, un jour d'été 1929. Je ne me souviens plus de la date précise, mais cela a peu d'importance.

À l'évocation de la ville, Mathilde se redressa comme si elle avait été piquée par un dard. Ce nom gardait une connotation douloureuse. Il lui rappelait les écarts de conduite de son père. Or, la peine qu'avait éprouvée Simone, Mathilde la faisait sienne pour l'avoir si bien connue à son tour.

Il était des choses que l'on ne pardonnait pas. Elle ne voyait en Denise qu'une rivale. Pourtant, elle ne savait rien d'elle. Jusqu'à présent, jamais elle n'aurait pu l'imaginer autrement qu'en intrigante. Cette femme, elle l'avait croisée à plusieurs reprises : plutôt jolie, le regard assuré, vive et prompte à la riposte.

Comment aurait-elle pu imaginer la douleur de cette Denise lorsqu'elle voyait repartir, vers celle avec laquelle il était légitimement uni, l'homme qu'elle aimait ? Et qu'elle aussi devait retourner auprès d'un mari qui n'était jamais prêt à l'écouter ? Hors de toute analyse, pour Mathilde, cette femme était condamnable, et elle déversait sur elle à la fois sa rancœur envers Pierre et l'amertume de sa mère.

André avait bien perçu le malaise de sa fille. Mais il s'éloignait dans ses pensées, mesurant ses mots, dans une sobriété qui lui était coutumière. Il remontait le temps pour revenir vers cette cité, perdue dans un paysage de garrigues et de causses, bâtie au confluent de la Lergue et de la

Soulondre, entourée de collines protectrices aux pentes boisées.

— C'était un samedi, jour de marché, reprit André.

Mathilde n'avait aucun mal à se glisser dans un décor qu'elle connaissait si bien. Ces matins-là, les étals envahissaient les ruelles médiévales qui se faufilaient jusqu'à l'ancien palais épiscopal abritant dorénavant la mairie, tout proche de l'imposante cathédrale Saint-Fulcran. Les chalands s'attardaient. On refaisait le monde aux terrasses des cafés. La voix grave d'André la ramena dans le fil du récit.

— Tandis que ta mère passait la matinée à la pharmacie, j'en profitais pour aller visiter les quelques rares patients qui continuaient à faire appel à moi, alors qu'ils avaient quitté le village. J'avais bien assez de travail, mais je n'allais pas les laisser tomber. Je les suivais depuis déjà tant d'années !

« Ma tournée terminée, j'avais l'habitude de rejoindre des amis au café des Remparts. Devant une anisette ou un bock, on évoquait les grands comme les petits événements du moment. On passait une bonne heure à discuter avant de regagner nos pénates. Je me souviens même que, ce jour-là, j'avais été assailli de questions sur l'état de santé de notre président du Conseil, Raymond Poincaré, qui venait de démissionner. Alors, avec un docteur sous la main, chacun y allait de sa version.

« Pourtant, au bout d'un moment, des vociférations vinrent perturber notre assemblée de consommateurs. De la terrasse, on pouvait voir, quelques dizaines de mètres plus loin, un attroupement. Instinctivement, je m'approchais. Une enfant était allongée à terre, le front ouvert à la base de la chevelure et le genou vilainement écorché. Les lèvres pincées, elle se retenait de crier tandis qu'une femme s'époumonait à la vue du sang qui maculait son visage.

« On commentait l'accident: le vol d'un petit harmonica et la course folle de la gamine, un pavé qui dépassait de la chaussée irrégulière, sa chute et sa tête qui avait heurté une conque fleurie.

« Avant même que je n'arrive sur les lieux, une infirmière s'y trouvait et était déjà penchée sur elle, s'apprêtant à nettoyer les plaies. Cependant, il était visible qu'il faudrait appliquer quelques points de suture et surtout surveiller les éventuelles conséquences de ce coup au front.

« Je décidais aussitôt de l'emmener à l'hôpital. Là-bas, ils auraient tout ce qu'il fallait pour intervenir efficacement. La petite, tremblante, s'accrochait à la main de l'infirmière. Celle-ci resta auprès d'elle, essayant de la rassurer tandis que je me dépêchais d'aller chercher ma voiture.

« Bien sûr, nous l'avons interrogée sur ses parents. Il fallait les prévenir pour qu'ils viennent la récupérer après les soins. Elle s'obstinait à ne pas répondre. Son visage évoquait vaguement une autre enfant à l'infirmière. Finalement, quelqu'un la reconnut et nous déclara: « C'est la minote de la Polonaise, l'ancienne boulangère, la petite Robin, Ginette. Pauvérine, elle a dû venir toute seule, à moins que quelqu'un de Saint-Étienne ne l'ait prise avec lui ! Mais allez savoir qui… »

« Tu peux imaginer combien j'étais surpris. Des cas difficiles, j'en rencontrais souvent. Mais celui-ci concernait directement une enfant qui n'hésitait pas à couvrir seule plusieurs kilomètres. Et, comme je demandais si elle était coutumière du fait, on me répondit: « En fait, oui. Elle n'a pas une vie facile et sa mère est bien contente quand elle ne l'a plus dans les jambes. Souvent, elle descend seule à pied au marché. En général, il y a toujours quelqu'un qui s'arrête pour la prendre en voiture. »

« La petite gardait les yeux baissés, plus par honte que par timidité, je supposais. J'étais loin de me douter qu'elle aurait aimé avoir une famille normale avec une mère aimante ! J'ai découvert, par la suite, que la sienne la repoussait sans cesse, la rabrouait à la moindre occasion, usant de termes vexants, douloureux, alors qu'envers et contre tout la petite, habitée d'un sentiment de culpabilité, lui restait attachée. J'ai toujours pensé qu'elle percevait la souffrance de sa mère et qu'elle souhaitait sincèrement l'aider. Seulement, la déraison prenait des allures démesurées dès que l'alcool emportait dans ses vapeurs cette femme qui ne savait plus affronter la vie.

« Plus tard, j'ai appris que, dans ces moments insensés, l'enfant se taisait, ravalait son trop-plein d'amour, s'éloignait et chantait à s'étourdir, s'envolant avec les notes dans un monde virtuel dont elle était l'héroïne. Depuis toujours, elle se laissait envoûter par la musique et les textes : des histoires qu'elle faisait siennes, pleurant sur la chanson réaliste de Berthe Sylva, ces *Roses blanches* – tout un monde d'amour qu'elle aurait souhaité partager avec cette mère rebelle –, mais surtout s'emballant sur le romantisme de *Ramona* au travers de la voix chaude et puissante de Fred Gouin. Constamment sur le qui-vive, lorsqu'elle chantait, elle s'évadait alors, enfin, d'un quotidien souvent douloureux. Ses contes de fées, à elle, étaient ces airs que les ondes répandaient et qu'elle reprenait au point de s'époumoner.

« Malgré les questions, il fut difficile de la faire parler. Crainte ou honte ? Certainement un mélange des deux. Elle était étourdie autant par le choc que par le monde qui se pressait autour d'elle ; et, malgré la douleur, elle se laissa soigner sans opposer de résistance, presque contente que quelqu'un prenne enfin soin d'elle.

« Elle gardait la main cachée dans la poche de son tablier, refermée sur l'objet de son larcin, comme pour mieux le dissimuler. Elle savait qu'elle avait mal agi, mais elle en rêvait depuis des semaines. Presque une obsession, ce simple petit harmonica d'où s'échappaient d'allègres notes de musique.

« Lorsqu'il fut question de le restituer, l'infirmière s'émut de la détresse qu'elle put lire dans ses yeux. Comme un appel au secours. Elle avait connu cette famille quelques années auparavant pour avoir apporté ses soins au père disparu. Plus d'une fois, elle avait constaté l'ébriété de la mère qui rejetait sa fille. Cependant, un vol restait un délit et l'excuser c'était l'admettre. Alors que nous insistions, nous pûmes enfin entendre la voix de la gamine : « Je sais que c'est pas bien ce que j'ai fait. Ma mère, elle va m'escanir quand elle va l'apprendre. »

« C'est un drôle de foyer, si l'on peut encore l'appeler comme ça... me dit l'infirmière. J'ai effectivement soigné son père avant qu'il ne meure. Et depuis qu'il n'est plus, plusieurs fois, je me suis demandé s'il ne fallait pas faire intervenir les services de l'Assistance publique. En attendant, avec le coup qu'elle a pris sur le front, ce serait plus sage de la garder en observation au moins une journée.

« Ginette, la voix mouillée, avança timidement : « Maman va se calciner si je ne rentre pas. »

« Denise, l'infirmière, puisque en l'occurrence il s'agissait d'elle, se tourna alors vers moi et me confia en aparté : « Pauvre gosse ! Elle aime une mère qui ne la mérite pas. Il vaudrait mieux la laisser à l'hôpital. Ce serait plus prudent. Avec ce coup à la tête, s'il devait lui arriver quelque chose, vous comme moi, nous nous en sentirions responsables. »

« La gamine s'était remise à pleurer. Il était visible que l'hôpital froid, aux couloirs étroits, pavés de blanc, aux odeurs médicamenteuses, l'impressionnait. Elle faisait peine à voir, dans ses vêtements trop grands qui avaient dû être portés par son aînée.

« Finalement, devant la fatigue et l'angoisse de Ginette, il fut décidé de faire prévenir la mère que la fillette passerait la fin de semaine au Bosc, chez l'infirmière qui la lui ramènerait dès le lundi matin.

« Jusque-là, je n'avais croisé Denise que très brièvement pour des raisons professionnelles. Par contre, à chaque fois, j'avais pu apprécier ses compétences. En fait, nous avons réellement fait connaissance ce jour-là. »

André s'était interrompu dans son récit, comme fatigué, étouffant le ton de sa voix. Les yeux humides d'émotion, il avait franchi les barrières du temps. Subitement, Mathilde perçut la fragilité de son père. Il se laissait enfin aller. Il s'épanchait sans fausse honte. Les détails s'enchaînaient. Jusqu'aux vêtements qu'il en arrivait encore à décrire.

Par contre, il gardait pour lui cette forte attirance ressentie pour cette femme lorsqu'elle se penchait sur la petite blessée, avec ces automatismes propres à leurs professions complémentaires.

Tandis qu'il parlait, mille questions assaillaient Mathilde. Toutefois, il ne fallait surtout pas interrompre ce père dont la cuirasse cédait enfin. À vrai dire, elle se sentait plus légère, comme délivrée : il n'avait rien à voir dans la naissance de Ginette. Elle ne savait pas comment elle aurait réagi s'il en avait été autrement. Alors, le cœur bouleversé, tout en écoutant, elle essaya de se créer ses propres images. Ce que son père taisait, volontairement ou par méconnaissance, Mathilde l'imaginait, se glissant dans l'histoire, se fondant avec le décor.

Dans un long soupir, André passa sa main sur ses cheveux blanchis et se replongea dans l'évocation du passé.

— J'avais du mal à imaginer la vie difficile de Ginette, d'autant plus qu'elle était vêtue de propre, même si ses vêtements avaient certainement dû en habiller une autre avant elle. À voir ses joues rebondies, elle ne paraissait pas non plus souffrir de la faim et apparemment elle ne présentait pas de traces de coups. Par contre, je n'arrivais pas à me défaire de ses cernes profonds et de l'angoisse de son regard.

André s'interrompit et riva ses yeux au sol. Il n'osait pas avouer à sa fille qu'il ne parvenait pas non plus à effacer cette sensation d'attirance, presque une pulsion, qu'avaient provoquée ces quelques heures passées aux côtés de Denise. Pour le médecin, au fil des jours qui suivirent cette rencontre, le souvenir de la petite s'émoussait alors que celui de l'infirmière s'imposait. À plusieurs reprises, il avait cherché à la revoir, sous un prétexte prétendument professionnel. Mais il n'avait pu que la croiser. Brefs instants qui éveillaient en lui un désir inhabituel qu'il parvenait difficilement à dominer.

Comment aurait-il pu évoquer, maintenant, face à Mathilde, ce secret que les années avaient allégé et qui revenait brusquement, difficile et écrasant ? Le souvenir toujours aussi fort de cet élan vers une femme avec laquelle il n'avait pu, jusqu'à présent, que partager des bribes de vie. L'amour impossible n'est-il pas celui qui résiste le mieux au temps ?

Toutefois, il n'était pas question qu'il prêtât le flanc à une quelconque accusation. Sa vie d'homme n'appartenait qu'à lui. Il réfléchissait à chaque mot qu'il disait comme pour maîtriser le récit qui gagnait en intimité. Il releva la tête et poursuivit sa narration, guidant Mathilde sur les pas de celle qu'elle cherchait si âprement.

— Le lundi, donc, comme convenu, Denise avait ramené Ginette à Saint-Étienne, auprès de sa mère. La fillette marchait difficilement : une croûte commençait à se former sur le genou, rendant pénible le moindre pas. D'après ce que Denise me rapporta plus tard, l'accueil avait été certes courtois mais froid, sans curiosité ni intérêt pour la santé de Ginette. En tant qu'infirmière, elle s'était sentie obligée d'apporter quelques consignes qui, visiblement, ne trouvèrent pas d'écho. Au moment du départ, lisant la détresse dans les yeux de Ginette, elle l'avait pris à part et lui avait glissé son adresse et un numéro de téléphone, « pour le cas où… ».

Lorsque je suis rentré au village, j'ai tout raconté à ta mère qui, bien entendu, s'est montrée particulièrement émue par l'histoire. Devant la souffrance d'un enfant, elle gardait une susceptibilité à fleur de peau. J'avais compris qu'elle aurait aimé que nous la prenions chez nous. Seulement, elle comprenait bien, aussi, que séparer une fillette de sa mère restait toujours une épreuve particulièrement délicate.

« Les jours passèrent. Puis, un après-midi, tandis que je consultais à mon cabinet, le téléphone nous interrompit. C'était assez fréquent, mais, cette fois-ci, je reconnus aussitôt la voix légèrement enrouée de Denise. Sous le regard inquisiteur de mon patient, la conversation débuta. « Vous n'avez certainement pas oublié la petite Ginette Robin ? me demanda Denise. Elle vient de me lancer un appel de détresse par l'intermédiaire du maire qui l'a laissée m'appeler. Je crois qu'il est temps que nous fassions quelque chose pour elle. J'aimerais avoir votre aide. »

« Une demi-heure plus tard, je la rejoignais devant la mairie de Saint-Étienne, où elle m'attendait en compagnie du maire.

« Je ne sais pas si tu y es déjà allée, mais le hameau compte peu d'âmes. Tous les trois, nous nous sommes rapidement retrouvés devant un ramonétage dans lequel s'était installée la famille, depuis la vente forcée de la boulangerie que la mère avait fini par délaisser totalement pour s'abîmer dans sa fuite éthylique. Le maire frappa à la porte restée entrouverte. Sans attendre de réponse, il la poussa et nous entrâmes derrière lui. L'habitation n'était pas bien grande – le désordre y régnait, réunissant des objets hétéroclites, bien souvent ébréchés –, et, si ce n'était une odeur âcre d'immondices, elle aurait pu sembler relativement propre.

« Après avoir franchi le seuil, nous ne vîmes pas Ginette d'emblée, mais nous entendions des vociférations menaçantes dans une pièce à l'étage supérieur. Nous l'avons découverte là, recroquevillée sur elle-même comme pour se protéger, dans l'angle d'un réduit qui devait servir de chambre commune, face à la porte contre le battant de laquelle était affalée une femme empêtrée dans des vêtements souillés.

« Hirsute, le visage déformé et rougi par l'abus d'alcool, celle que l'on surnommait « la Polonaise » crachait des insultes à l'encontre de sa fille, allant même jusqu'à lui reprocher d'exister. Des bouteilles vidées jonchaient le sol. Des relents de mauvais vin, d'urine et de déjections avaient envahi la pièce. Je me souviens avoir entendu le maire déclarer avec des accents de colère dans la voix : « Cette fois-ci, il va vraiment falloir faire quelque chose pour la petite. Ça ne peut plus durer. »

Dans son coin, Ginette, tétanisée, tremblait. Une fois de plus, ravalant toute honte, elle avait ramené sa mère à la maison, cette génitrice qui n'avait jamais accepté qu'elle l'appelât « maman » et qui lui avait imposé ce « mère » qui résonnait durement à ses oreilles enfantines. Pourtant, malgré tout ce qu'elle endurait, la fillette avait décelé la faiblesse de cette femme, déçue par la vie, que l'angoisse avait conduite vers l'alcool : une proie facile qui avait cru que quelques verres lui apporteraient cette part de bonheur espérée et qui, insensiblement, en était arrivée à un point de non-retour.

« Ce jour-là, elle avait hurlé une fois de trop qu'elle ne voulait pas d'elle, qu'elle n'avait jamais voulu d'elle, qu'elle la préférerait morte. Ginette s'était écroulée, malgré cet amour inconditionnel qu'elle lui portait envers et contre tout. Était-ce cet intermède de deux jours passés dans un foyer normal qui avait éveillé en elle un cruel sentiment d'injustice, d'abandon, ce besoin de reconnaissance ? En tout cas, elle avait appelé au secours.

« Aussitôt, Denise s'était penchée sur l'enfant qui ne se débattit pas et s'accrocha à son cou en s'abandonnant enfin. Elle s'empressa de l'emmener hors de la pièce, tout en s'efforçant de la rassurer.

« Pendant ce temps-là, avec l'aide du maire, je m'occupais de la mère. Elle s'était tue. De grosses larmes coulaient, traçant de larges sillons le long de ses joues sales. Proche d'un coma, elle repoussa mollement ma main. Nous la transportâmes sur un matelas avachi et sale.

« Lorsque, après avoir soigné l'enivrée, nous sommes ressortis de la maison, nous étions désormais convaincus que l'enfant devait être soustraite à cette situation qui ne pouvait que générer un drame. Cependant, une fois de plus, l'évocation de l'Assistance provoqua un hurlement chez la fillette, un long cri comme celui d'une bête blessée, à l'agonie : « Si je ne m'occupe pas d'elle, qui va le faire ?

« Toutefois, je pense que cette crainte relevait davantage de ces ragots sulfureux colportés sur ces services sociaux, souvent décrits comme un bagne, que de la séparation familiale, elle-même.

« On essaya de la raisonner. Denise lui expliqua qu'elle pouvait la garder quelques jours, mais qu'après il faudrait, de toute façon, envisager une solution plus rationnelle. Elle avait déjà quatre enfants et il lui était difficile d'en recevoir un autre.

« Alors, je ne sais pas ce qui m'a pris, mais j'ai proposé sans tergiverser : « Pour la mère, on ne pourra pas faire grand-chose, si elle ne veut pas se prendre en main. Par contre, monsieur le maire, n'est-il pas possible d'envisager une tutelle ? »

« J'étais bien conscient que prendre sous mon toit une enfant traumatisée, certainement de façon indélébile, par des traitements inqualifiables entraînerait des difficultés insoupçonnées. Mais j'ai toujours connu aussi ce besoin impératif de maternité chez Simone, la désespérance provoquée par la vue des petits qui agrandissaient les familles de nos proches. Nous savions que nous ne pourrions pas avoir d'enfant. Alors, cette décision, je l'ai prise seul, conscient que ce serait à moi de veiller à ce que les choses se fassent progressivement, dans une compréhension mutuelle.

« Je crois qu'il serait préférable d'agir rapidement, tant qu'elle est sous l'emprise de l'alcool. Car cette femme est capable de refuser rien que par fierté ou tout simplement pour assouvir, envers la petite, une vengeance incompréhensible » me conseilla le maire.

« Tandis que Denise et Ginette réunissaient quelques affaires, tous les deux, nous avons essayé de nous entretenir avec madame Robin. Quel fut ce sursaut qui l'incita, même dans un état second, à repousser cette démarche ? Élan maternel, honte ou sentiment de dépossession ? Après bien des palabres, on en restait au même point. Peut-être voulait-elle tout simplement négocier ce départ ? Finalement, on en arriva à ce que Ginette soit placée à titre d'aide familiale chez nous. Hors des horaires scolaires, elle aiderait aux tâches ménagères et recevrait un petit salaire, qui viendrait en complément du gîte et du couvert et qui, bien entendu, serait versé à la mère.

« Une petite bonne », ce n'était pas ce à quoi j'avais songé. Cependant, cette solution se révélait comme une situation d'attente qui permettrait à chacun des protagonistes d'envisager plus clairement l'avenir. Après tout, cela était peut-être préférable dans l'immédiat. Il serait toujours temps d'agir au moment opportun.

« Le trajet de retour jusqu'au village avait été silencieux. Mon esprit s'était égaré dans ses errances, partagées entre cette gamine et l'accueil que nous réserverait Simone. Ginette n'osait pas poser de questions : mélange d'appréhension et de soulagement, de tristesse et d'espoir, que sais-je…

« Simone avait quitté l'officine et était déjà montée chez nous lorsque nous arrivâmes. Je laissais la petite nous attendre assise à la cuisine tandis que j'entraînais Simone au salon. L'explication fut d'autant plus brève qu'elle fondait déjà d'affection.

La surprise vint lorsque, s'adressant à elle, ta mère lui demanda : « Comment t'appelles-tu ? » « Angèle » lui répondit-elle calmement et fermement et, devant mon étonnement, elle précisa : « En fait c'est mon papa qui m'appelait toujours Angèle, sa « petite Angèle ». C'était le nom de ma grand-mère. Elle était gentille, elle aussi. Je me souviens un peu d'elle. »

« Les yeux plissés, presque en larmes, elle murmurait plus qu'elle ne parlait, comme si elle lâchait un aveu indécent parce que trop intime. Après quelques hésitations et quelques objections, nous avions bien compris qu'au travers de ce prénom se focalisaient tous les espoirs d'une vie nouvelle. Pour la première fois, je vis enfin la petite se détendre, lorsque je lui dis : « Bon, ce sera donc Angèle ! »

« Je n'ai d'ailleurs jamais pu oublier ce sourire timide dont elle nous gratifia en nous regardant, ta mère et moi. »

Au fur et à mesure qu'André avançait dans son récit, l'émotion gagnait Mathilde. Cette dernière remarque, avec le souvenir précis qu'il gardait de la scène, soulignait l'ambivalence de ce père qui dissimulait sa tendresse derrière une fermeté et une assurance qui avaient forgé son personnage.

Une fois de plus, le vieux docteur interrompit son récit, comme s'il voulait prendre Mathilde à témoin. Il secoua la tête et se leva. Il avait besoin de dégourdir ses jambes. En fait, il espérait surtout pouvoir s'en tenir à tout ce qu'il venait de confier à sa fille. Après tout, elle en savait assez pour comprendre, à présent, la raison de cet héritage.

— C'est bientôt l'heure de manger. Si tu nous préparais quelque chose ?

Mathilde avait parfaitement perçu cette réticence à poursuivre. Cependant, l'histoire restait trop incomplète. Pourquoi Angèle, puisque tel était désormais son prénom, avait-elle disparu de leur vie ? Que s'était-il passé pour qu'ils taisent ces années partagées ? Les idées les plus saugrenues, voire les plus indélicates, se bousculaient dans la tête de Mathilde. Il fallait qu'elle en sache davantage. Et, de toute façon, elle souhaitait cerner, au plus près, ce personnage d'Angèle qui, désormais, faisait partie intégrante de son existence.

Il ne restait plus grand-chose dans le réfrigérateur. Elle puisa dans les conserves accumulées dans l'arrière-cuisine : pots multicolores, précautionneusement préparés au fil des saisons et cuisinés dans le plus grand secret. Poésie des cueillettes, des traditions jalousement conservées par les anciennes maîtresses de maison, mais qui, malheureusement, survivaient difficilement aujourd'hui.

— Ah ! Tu as bien fait de prendre ces haricots ! Tu te souviens quand tu aidais ta mère à les préparer ?

Mathilde perçut cette remarque comme un moyen de la détourner de l'histoire d'Angèle que son père avait visiblement l'intention de ne pas mener plus loin. D'autant plus qu'il avait entrepris de dresser le couvert, chose qu'il se gardait bien de faire, habituellement, lorsqu'elle lui rendait visite, préférant lui déléguer la moindre des tâches ménagères.

Il affichait une spontanéité et un naturel qui sonnaient faux. Voulait-il masquer une profonde émotion à l'évocation de ce passé, de ces deux disparues ? Elle le connaissait si bien… Il devait y avoir autre chose et il valait mieux qu'elle l'apprenne, plutôt que d'entretenir des supputations malsaines.

Elle l'interrogea sur l'adaptation d'Angèle au village, au sein d'une véritable famille, évoqua les bulletins scolaires, l'inscription au conservatoire… le pressant, étape par étape. Enfin, elle pouvait évoquer cette Angèle, clairement, sans ambiguïté.

André comprit qu'il devait poursuivre. Alors, maugréant, il se cala à nouveau dans son fauteuil et revint sur ces tout premiers jours d'Angèle parmi eux.

— Angèle était intimidée. Elle gardait les yeux baissés, ne s'exprimant que lorsqu'on l'interrogeait. Quelques mots sobres, à peine audibles, au début. Devant cette retenue, Simone perdait sa spontanéité. Elle s'interrogeait sur l'attitude à adopter face à cette fillette de onze ans. Elle aurait aimé la prendre dans ses bras, mais elle l'avait sentie se cabrer lorsqu'elle avait posé son bras sur ses épaules juvéniles.

« Avec quelques remords, j'avais dû regagner mon cabinet, laissant ta mère, désemparée devant ce mutisme inattendu, seule avec Angèle qui l'observait à la dérobée. Il lui fallait rompre ce silence, provoquer une réaction, que le dialogue puisse enfin percer. « Viens ! Prends tes affaires ! Pour ce soir, tu dormiras dans la chambre d'amis. Demain, nous verrons pour t'arranger un domaine à toi », lui proposa-t-elle.

« Ta mère me raconta que, à la vue du grand lit, des draps immaculés et délicatement brodés qu'elle découvrit après avoir soigneusement rabattu le couvre-pieds, Angèle était restée interdite et lui avait demandé si c'était là qu'elle allait dormir. Elle bafouilla quelques mots. Toute seule dans un lit qui aurait pu largement les accueillir ensemble, elle et sa mère, et même sa sœur, si elle avait été encore là !

« Les heures s'écoulaient tandis qu'Angèle restait enfermée dans sa passivité. Simone se sentait flouée : elle s'attendait à voir arriver une toute jeune enfant et voilà qu'elle se retrouvait face à une presque adolescente, refermée sur elle-même, dont le corps commençait déjà à se féminiser. Elle affichait un mélange d'enfance et d'adultisme, certainement dû à la situation exceptionnelle à laquelle elle était confrontée depuis sa naissance.

« Ta mère avait certainement espéré autre chose. Cependant, elle se reprit aussitôt lorsque, depuis la cuisine où elle s'affairait pour le dîner, elle la vit dans l'encadrement de la porte. Ses joues rebondies et sa gaucherie contrastaient avec sa taille plus grande que la normale. Elle l'entendit lui demander d'une voix mesurée et inquiète : « Je peux aider ? »

« En fait, elle se révéla assez habile et avoua que, depuis le départ de sa sœur aînée pour l'Indochine, c'était elle qui se chargeait des repas.

Sa mère était trop fatiguée et ne pouvait pas tout faire. Alors il était normal qu'elle l'aidât à s'occuper de la maison. Avec un sanglot dans la voix, elle demanda : « Maintenant que moi aussi je suis partie, qui va s'occuper d'elle ? »

« Simone s'était approchée doucement. Elle aurait aimé la prendre dans ses bras, mais quelque chose dans l'attitude de la fillette la retenait. Elle avança quelques arguments destinés à la rassurer, mais elle comprit très rapidement que celle-ci n'était pas prête à les entendre.

« Le premier soir, le dîner fut moins morose. Je tenais à savoir où en était la scolarité, quelque peu perturbée, de notre petite protégée. Angèle affichait, certes, de nombreuses lacunes, mais elle ne paraissait pas réfractaire aux études.

« Au fil des jours, petit à petit, la vie commune se construisit. Toutefois, pas comme l'aurait souhaité Simone. Le visage de la fillette s'éclairait rarement, comme si elle était toujours aux aguets. Elle s'efforçait de nous donner satisfaction en tout, mais elle restait secrète et introvertie, tel un petit animal difficile à apprivoiser.

« Près d'un mois s'était écoulé et les vacances arrivaient. Nous avions alors envisagé de conduire la petite à Saint-Étienne. Pour la première fois, elle lâcha un aveu : « J'aimerais bien revoir la Mère. Mais je ne veux pas rester là-bas ! Vous me ramènerez ici, dites ? »

« Tu peux imaginer le sourire de ta mère ! Enfin, la cuirasse semblait s'effriter. « Nigaude, nous n'allons pas te laisser ! Tu nous manquerais trop ! Voilà ce qu'on va faire. Demain, nous irons t'acheter une nouvelle robe pour que tu sois toute belle pour aller voir ta maman. »

« Depuis son arrivée à la maison, Angèle possédait enfin une garde-robe à elle. Elle avait soigneusement plié ses anciens vêtements et les avait enfouis au fond du dernier tiroir de la commode. Il était visible qu'elle n'avait plus l'intention de les porter, mais ils restaient ce lien infime qui la reliait à son passé. Petit à petit, les mauvais traitements s'effaçaient pour faire place aux souvenirs plus souriants qui lui avaient permis de se construire et de résister.

« Elle espérait beaucoup de cette visite à sa mère… Elle avait tant à lui conter ! Elle tenait à lui faire voir que tout allait bien pour elle, qu'elle donnait satisfaction, et voulait lui dire qu'elle pensait souvent à elle. Malheureusement, une fois de plus, elle se heurta à l'indifférence de sa génitrice. Elle était redevenue Ginette, le temps de la visite qu'elle demanda à écourter, à notre grand soulagement, d'ailleurs. Quand elle s'approcha de sa mère pour l'embrasser avant de la quitter, celle-ci la repoussa : « Ce n'est pas la peine de faire des chichis ! »

« Alors, Simone prit d'autorité Angèle par les épaules. Cette fois-ci, elle ne se déroba pas et, les talons à peine tournés, elle laissa échapper de grosses larmes qu'elle retenait depuis longtemps.

« Certes, Angèle ne serait jamais la petite fille qu'attendait Simone. Cependant, à sa manière, elle s'intégrait à son nouveau foyer. Elle aimait l'ordre et se révélait étonnamment méthodique pour son âge. Parfois, une mélancolie fugitive obscurcissait ses pensées. Néanmoins, bien vite, elle se reprenait et retrouvait les roseurs de son âge. Elle s'appliquait dans tout ce qu'elle entreprenait, à notre grande satisfaction.

« Un jour, nous l'avons emmenée au cinéma. Je revois sa joie, comme si c'était hier, et je me souviens encore du film. Ce « *Chemin du paradis* » avait éveillé, en elle, des échos romantiques. Elle se montrait séduite autant par l'histoire légère que par la voix suave de son interprète, Henri Garat. Son bonheur nous faisait oublier les heures plus difficiles. À présent, elle contenait moins ses élans d'enthousiasme. Elle reprenait aussi à tue-tête, s'évertuant à copier, avec un certain succès, les intonations de Lucienne Boyer dans sa chanson à la mode, « *Parlez-moi d'amour* ». Elle chantait juste et sa voix portait haut.

« Puis arriva le temps des vacances à Saint-Maximin-la-Sainte-Baume. Ce voyage de quelques heures prit l'allure d'une épopée moderne, à la découverte d'un monde nouveau. Angèle en était devenue presque loquace. Elle n'était jamais partie aussi loin.

« Durant ce mois passé dans le Var, son attitude évolua. Elle paraissait enfin commencer à s'épanouir. Elle découvrait tant de choses ! Sans oublier cet univers d'un passé imaginaire et riche, les légendes du vieil Antonin qui la ravissaient.

L'enfance arrivait tardivement, alors qu'elle entrait dans l'adolescence.

« La grande révélation qui, je crois, illumina sa vie, ce fut ce disque que Simone déposa avec moult soins sur le phonographe, lorsque s'envola, comme portée par un souffle divin, la voix mélodieuse et pure de Tiana Lemnitz, transcendant son personnage d'Octavian du *Chevalier à la rose*. Il était évident que jamais Angèle n'avait entendu quelque chose d'aussi beau, d'aussi envoûtant.

« Et lorsque nous lui avons posé la question banale : « Tu aimes l'opéra ? » elle ne demanda pas si elle pourrait plus tard chanter comme la prima donna, elle nous déclara fermement : « C'est ce que je veux faire ! »

« Les visites à Saint-Étienne s'étaient espacées. Nous ne tenions pas à ce qu'elle y retournât. Elle en revenait toujours meurtrie, d'autant plus qu'elle constatait un peu plus, à chacun de ses passages, l'état de déliquescence de sa mère et son impuissance à l'aider dans cette irréversible dérive.

« Le printemps 1932 s'installait, réanimant une nature endormie par les froideurs hivernales. Pourtant, on aurait dit que de sombres pressentiments obscurcissaient le quotidien d'Angèle : sentiment de malaise qui lui laissait le goût amer et pesant d'une appréhension qu'elle ne parvenait pas à dissiper et qu'elle portait jusque sur son visage. On la sentait dans un état second, quasi morbide, comme entraînée dans une spirale infernale à laquelle elle ne pouvait échapper. S'agissait-il d'une prémonition dérangeante qu'entretenait une sensibilité frémissante, dont elle ne parvenait pas à s'extraire et qui la faisait évoluer au cœur d'une indéfinissable aura de malaise ? Nous étions étonnés de la voir ainsi régresser. Désemparés et ne parvenant pas à la faire s'exprimer, nous nous efforcions de comprendre.

« Mai touchait à sa fin. Les journées s'étiraient, apportant à la nature une secrète poussée d'allégresse. Pourtant, Angèle n'arrivait toujours pas à se défaire de cette appréhension qui l'habitait constamment. « C'est parce que ce n'est plus une enfant, m'avançait discrètement ta mère. Ça la travaille, c'est normal ! »

« Je venais enfin d'aboutir dans mes démarches la concernant et je pensais que cela la rassurerait de l'apprendre. Nous allions nous mettre à table lorsque je le lui ai annoncé : « Voilà, j'ai l'acte de tutelle. Madame Robin a finalement accepté de te confier à nous. Le maire l'a aussitôt enregistré. Au moins, comme ça, nous savons où nous allons. Tu ne risques plus de nous être enlevée. »

« Nous ne nous attendions absolument pas à son manque de réaction. Elle paraissait abasourdie, comme terrassée. J'en ai d'abord été contrarié. D'une petite voix, elle nous a demandé : « Alors, elle ne veut plus de moi ? »

« Nous n'avions pas envisagé qu'elle ressentirait comme une trahison maternelle supplémentaire ce qu'elle aurait dû prendre pour une protection. Après tant d'insultes, de rejet, sa mère l'abandonnait réellement, la privant de son identité familiale, alors qu'elle avait espéré qu'un jour elle finirait par la regarder comme son enfant.

« Je me rappelle encore cette scène, comme si c'était hier. Je revois ta mère qui, ayant décelé son trouble, tentait avec des mots simples de lui démontrer l'intérêt de cette démarche. Accablée, Angèle gardait la tête baissée. De nouveau, elle s'était murée dans le silence. Alors, pour tenter de l'apaiser, je lui ai annoncé : « Dimanche, nous monterons voir ta maman. Tu sais, elle ne va pas bien. Elle va certainement devoir aller à l'hôpital. C'est pour ton bien qu'elle a signé ce papier, pour t'éviter l'Assistance si elle venait à disparaître. C'est la preuve qu'elle tient à toi. »

« Mais plus que jamais les paroles s'avéraient stériles. Angèle, envahie de vide, le visage fermé, n'arrivait plus à contenir ses larmes et nous en souffrions pour elle. Nous avions cru bien faire et, là, devant son tourment, nous avons douté. »

— Heureusement que madame Robin avait enfin signé cet acte m'attribuant la tutelle de sa fille ! Elle décéda peu de temps après. Le maire s'occupa des obsèques. Elle serait enterrée aux côtés de son mari et de son fils, dans le petit cimetière au sortir du village.

« La journée était belle et fraîche. Mais, pour Angèle, le ciel était tendu d'un gris opaque. Elle se tenait roide entre nous deux, devant la terre ouverte qui allait recevoir le cercueil de sa mère. Ses traits étaient rigides, ses larmes étaient taries. Sur son lit d'hôpital, la mourante ne l'avait pas reconnue : elle était déjà dans cet ailleurs où Angèle n'avait pas sa place. Le curé parlait. Angèle nous a avoué, après la cérémonie, qu'elle aurait voulu qu'il ne s'arrêtât jamais. Peu importe ce qu'il disait, il repoussait le moment où la défunte disparaîtrait pour toujours sous cette terre brune amassée autour de la tombe.

« Les quelques personnes qui nous avaient accompagnés au cimetière s'en étaient allées une à une. Simone saisit la main d'Angèle. Il était temps de partir et de laisser le fossoyeur à son travail. L'adolescente lâcha brutalement cette main et, s'approchant du cercueil jusqu'à le toucher, s'écria avec un désespoir rageur : « Pourquoi ne m'as-tu jamais laissée t'appeler Maman ? »

« Le retour se fit dans le silence. L'âme en déroute, Angèle laissait errer ses pensées dans des régions définitivement inaccessibles. Une force obscure et indomptable l'empêchait de s'exprimer. Ta mère aurait tant aimé pouvoir la prendre dans ses bras, la serrer contre elle, mais elle savait qu'Angèle se soustrairait à son étreinte, une fois de plus.

« Alors que nous passions devant la maison qu'elle avait occupée avec sa mère, je lui proposais de s'arrêter. Elle hocha négativement la tête. Il était évident qu'elle ne voulait pas raviver toutes ces joies non vécues. « Bon ! Cette semaine, je reviendrai faire le tri et récupérer ce qui vaut la peine de l'être », lui avais-je alors déclaré.

« Les jours qui suivirent, Angèle n'évoqua pas sa mère. Elle ne changea presque rien à ses habitudes, si ce n'est que l'on ne l'entendit plus chanter. Elle ne voulut rien défaire des cartons que je lui avais rapportés de Saint-Étienne et tout partit, au grenier, rejoindre ce que nous y avions entassé au fil de notre vie.

« En cette mi-juin 1932, la fillette allait avoir treize ans. Elle en paraissait davantage : elle était plus grande que la normale, déjà formée, et ses joues avaient perdu leurs rondeurs enfantines. Comme elle était habituée depuis si longtemps à assumer des tâches d'adulte, on ne rencontrait pas chez elle cette gaucherie propre à l'adolescence. Seuls ses longs cheveux bruns, serrés en tresses, rappelaient sa toute jeunesse.

« Pour l'occasion, ta mère nous avait concocté un repas de fête qui se terminait par l'incontournable gâteau couronné de treize bougies. Cette année, il n'était pas question de lui offrir un jouet – elle avait passé l'âge – ni un vêtement. Nous tenions à lui offrir quelque chose de plus personnel, de plus marquant. En fait, nous n'eûmes aucune difficulté à trouver ce qui lui ferait plaisir. Simone s'affairait fébrilement, il fallait que tout soit parfait pour qu'Angèle en oublie tous ces anniversaires qu'on ne lui avait jamais souhaités. Les étincelles qui illumineraient le regard de la petite représenteraient alors pour nous le plus beau des remerciements.

« Sur son assiette était posé un paquet carré et plat, enveloppé d'un papier bleu nuit et décoré d'un fin bolduc blanc. Malgré sa hâte à déballer son cadeau, Angèle détacha délicatement le ruban, puis défit l'emballage de manière à ne pas l'abîmer. L'émotion freinait toujours ses élans. Elle n'avait jamais fait montre de cette spontanéité brouillonne, propre aux enfants épanouis.

« Son cadeau enfin déballé, elle passa avec volupté sa main sur la pochette lisse du disque. Son regard rayonnait d'un bonheur qu'elle n'avait encore jamais affiché. Elle fixait le portrait en pied d'Emma Calvé, ses longs cheveux bouclés et bruns qui lui tombaient sur les épaules. Vêtue des tissus colorés et aériens qu'elle portait dans son interprétation du personnage de Carmen, la cantatrice semblait la regarder droit dans les yeux comme pour mieux créer une communion entre elles.

« Tout au long du repas, Angèle eut du mal à contenir son impatience. Le dessert arriva enfin. Elle souffla avec énergie ses bougies. Quand la table fut enfin débarrassée, elle plaça le disque sur l'électrophone et les premières mesures de Bizet envahirent l'espace. La couleur particulière du magnifique registre de la soprano, alliée à une subtile et forte sensibilité musicale, transporta Angèle dans un monde immatériel, fait de beauté et de délicatesse. Elle était tout simplement heureuse, et chaque note résonnait dans sa tête en sons cristallins qui la libéraient enfin de ses angoisses.

« Lorsque l'aiguille grésilla sur le disque, indiquant la fin de l'enregistrement, elle resta rêveuse. Elle s'imaginait certainement en prima donna dont la vie était rythmée par les partitions des plus grands musiciens. Elle aurait aimé remettre l'appareil en marche, mais le temps avait ses impératifs.

« La fin de l'année scolaire arrivait. Ses résultats corrects lui permettaient de passer en classe supérieure. Alors, pour l'encourager, je lui ai déclaré : « L'an prochain, c'est le certificat. Si tu veux aller dans une école de chant, il faut que tu aies de bonnes notes ! »

« L'argument était de poids. Je le savais parfaitement. Car il faut bien reconnaître qu'elle possédait déjà une voix hors du commun. Après tout, « il n'y a pas de sot métier », affirmait le proverbe. Avec la volonté qui était la sienne, son sérieux, nous ne doutions pas qu'elle puisse intégrer le chœur de l'opéra de Montpellier.

« Cette année-là, alors que nous nous apprêtions à partir à Saint-Maximin pour les vacances, Angèle déplora de ne pas pouvoir emporter son disque. Sa bouderie ne fut que de courte durée. Le trajet ne touchait pas encore à sa fin qu'elle en avait oublié son dépit. Elle retrouva aussitôt son amie Louise. Elles étaient du même âge, mais cette dernière, dont la vie s'était déroulée dans un foyer sans problème particulier, affichait une assurance qu'Angèle était loin de posséder.

« Le père de Louise était maraîcher et, dès les beaux jours, il embauchait une main-d'œuvre saisonnière qui venait bien souvent d'Italie. Le travail était rude mais rémunérateur. Les cueillettes se faisaient très tôt à la fraîche et les récoltes se répandaient ensuite sur les étals des marchés environnants, ou bien restaient empilées dans un grand entrepôt à l'abri de la chaleur.

« Nous étions un vendredi de juillet, une journée marquée par la fête consacrée à sainte Marie Madeleine, protectrice du village. On se rendait en procession jusqu'à la grotte naturelle, creusée par l'érosion, où, après avoir évangélisé les Marseillais, s'était retirée la sainte femme pendant trente ans. Or, même si le nombre de pèlerins diminuait un peu plus chaque année, la tradition perdurait. La famille de Louise n'aurait jamais manqué ce rituel auquel venait se joindre un oncle, maître jardinier dans le Toulonnais. Il était d'autant plus sensibilisé que Marie-Madeleine se trouvait être, précisément, la sainte patronne des jardiniers de Toulon. En outre, cette année-là, les fêtes revêtaient un éclat particulier : Marthe Spitzer, une juive reconvertie et proche des Bénédictins, avait réalisé une Pietà qui devait être scellée sur le parvis de la grotte, en présence de personnalités officielles.

« Or, déjà depuis la veille, ta mère n'était guère en forme. Ce matin-là, précisément, la tête lui tournait. Elle attribuait ce malaise à la forte chaleur orageuse qui assommait la ville entière. Elle ne se sentait pas suffisamment d'attaque pour aller faire ses dévotions. Une langueur épuisante éprouvait également ta tante Henriette. Toutes les deux préfèrent donc ne pas se rendre à la grotte.

« Devant la mine déçue d'Angèle, Simone n'eut pas le cœur à lui refuser cette sortie. Elle la confia donc aux parents de Louise qui s'empressèrent d'accepter de prendre, sous leur aile, l'amie de leur fille. « Tu me porteras de l'eau de la fontaine miraculeuse », lui avait glissé Henriette, en lui tendant une gourde pour qu'elle puisse lui rapporter un peu de cette onde porte-bonheur, puisée à la source née des larmes versées par la sainte.

« Tu sais aussi bien que moi qu'il ne s'agit pas d'une simple question de croyance, mais surtout de l'une de ces belles et incontournables traditions que l'on se transmettait depuis tant de générations. »

Bien sûr que Mathilde les connaissait, ces coutumes qui avaient enrichi ses propres souvenirs d'adolescente ! Attentive au récit de son père, elle s'infiltrait dans le décor, se glissant dans la peau d'Angèle. Ce que son père taisait, elle le reconstituait sans peine, laissant s'envoler son imagination.

Elle se fondait au milieu des pèlerins, nombreux à l'arrière de la camionnette du maraîcher, sous le regard insistant d'un tout jeune homme. En fait, cet Italien, venu pour la saison grossir l'équipe des employés des parents de Louise, prenait les traits du premier amour de Mathilde.

Tandis que son père poursuivait son récit, elle se voyait parvenue sur le plateau du Plan-d'Aups. La camionnette s'était arrêtée, déversant son flot de passagers. Le reste du trajet ne pouvait s'effectuer qu'à pied, au travers de cette forêt inquiétante, domaine des mousses et des lichens, où le soleil provençal ne parvenait pas à pénétrer. Partout, l'eau suintait, noire, sur les roches calcaires tandis qu'entre les hêtres et les chênes séculaires on aurait cru percevoir, remontant du fond des âges, les murmures et les prières de tous les fidèles venus, un jour, se recueillir dans ce lieu mythique.

Mathilde revivait ses moments magiques où le fantastique s'entremêlait à la réalité, l'entraînant dans un tourbillon qui avait semé le désordre en elle. Elle reproduisait ce qu'elle aussi avait vécu, dans l'ignorance de ses parents. Ces premiers frémissements lui avaient laissé d'indélébiles traces au pays de ses souvenirs. Alors, amalgamant ce que lui contait son père à ses propres réminiscences, elle vivait la scène comme un film qui se déroulait sous ses yeux.

André avait suspendu son récit, quelques instants. Il n'avait pas l'habitude de parler autant et la fatigue le gagnait. Pourtant, il reprit :

— Maintenant, je te répète ce qu'Angèle nous a confié plus tard, lorsqu'elle a dû s'expliquer. Elle nous a avoué ces rendez-vous discrets où, en cachette de Simone et d'Henriette, elle allait rejoindre son Italien. Elle nous a assurés qu'elle avait bien essayer de se raisonner lorsque, au fond de son lit, dans le silence et la profondeur de la nuit, elle sentait qu'elle franchissait un pas interdit, mentant et dissimulant sans vergogne.

« Nous avons eu du mal à comprendre qu'elle ne s'étonnait même pas de cet élan qui la poussait vers lui, alors qu'elle se sentait honteuse des marques de tendresse que nous lui manifestions et qu'elle acceptait souvent avec réticence. Nous en avons éprouvé de l'amertume.

« Et puis, tout avait basculé, une soirée où il l'avait entraînée derrière les hauts murs de pierre des jardins de l'Enclos. Il avait d'abord tenté de la convaincre de se laisser faire. Puis, devant ses réticences qui se transformaient en résistance, il s'était montré brutal, mû par un désir violent qu'il ne maîtrisait plus. Cet individu sans scrupule ne s'est pas gêné pour abuser de ce trop jeune corps, sans autre état d'âme que son propre plaisir. Juste quelques minutes pour effacer l'enfance, briser l'innocence et creuser de nouvelles rides.

« Nous n'avons jamais su quels sentiments elle éprouvait pour lui. En tout cas, elle nous a assurés que, le lendemain et les jours qui suivirent, elle l'avait évité. Probablement tiraillée entre honte, révolte et certainement désarroi, elle avait caché sa peine et ravalé sa déception. Pour son entourage, il fallait taire ce faux pas dans l'école de la vie et, pour elle-même, elle devait l'enfouir suffisamment profond pour s'efforcer d'en atténuer la gravité et essayer, autant que possible, de l'oublier.

« Les vacances touchaient à leur fin. Nous sommes rentrés au village. Tout semblait avoir repris son rythme habituel. Pour Angèle, ce secret n'était pas de la dissimulation : ce n'était que sa manière à elle, du haut de ses treize ans, de se protéger. Nous ne l'avons compris que bien plus tard. »

— La vie ne tient vraiment qu'à un fil... soupira le médecin, visiblement fatigué, faisant un nouvel aparté dans son récit.

Mathilde l'observait. C'était la première fois qu'elle le voyait aussi fragile, presque blessé. Un instant, elle eut un peu honte de son insistance. Toutefois, elle percevait que le plus important restait à venir.

Il passa ses mains ouvertes sur son visage, comme par lassitude ou pour se débarrasser de quelque chose de gênant. Dans un hochement de tête, il se ressaisit et déclara fermement à Mathilde :

— Maintenant qu'il ne reste plus que toi et moi, la vérité t'appartient. Par contre, je tiens à te préciser, et j'insiste, pour que tu en sois bien persuadée, que nous n'avons agi que par amour, et je serais très déçu si tu en voulais à ta mère.

Mathilde sursauta à l'évocation d'une éventuelle mise en cause de sa mère. Cependant, il était désormais trop tard pour arrêter l'histoire. Il fallait aller jusqu'au bout de la vérité. Alors, remontant le temps, il reprit, toujours de son ton mesuré et calme, le fil de l'histoire qu'il venait d'interrompre.

— Au retour de ces vacances à Saint-Maximin, nous étions loin de nous douter que ce serait les dernières que nous y passerions avec notre petite protégée. Pour Angèle, tout semblait être rentré dans l'ordre. Elle se montrait particulièrement studieuse et ses résultats étaient honorables.

« Dès qu'elle rentrait de l'école, les épais murs de la maison résonnaient souvent des vocalises des plus grandes voix classiques et des accents sophistiqués des solistes du bel canto. Même ignorante de leur langue, mais douée d'une mémoire surprenante, Angèle retenait phonétiquement le moindre mot, s'efforçant de placer sa voix en rythme avec le phrasé des cantatrices. Sa passion pour la musique ne se démentait pas et elle affichait un don certain pour le chant.

« Ta mère s'étonnait toutefois de sa pâleur et des cernes qui creusaient ses joues. En homme de l'art, je la rassurais : « Ne t'inquiète pas ! L'adolescence, ça la fatigue. Un peu d'huile de foie de morue et ça la requinquera. »

« Chaque matin, Angèle avalait docilement cette potion magique qui lui soulevait le cœur, ajoutant à un état nauséeux quasi permanent et mêlé d'une fatigue inhabituelle. Pourtant, au bout de quelques jours, elle commença à se sentir plus alerte.

« À présent, novembre apportait sa grisaille et ses premiers frimas. Ce jeudi-là, le ciel s'était recouvert d'une couche laiteuse, gonflée d'une humidité qui gorgeait d'eau les mousses des talus et se répandait en perles lumineuses sur les derniers grapillons flétris des vignes qui se dénudaient. Les fenêtres, maintenues fermées, étouffaient les bruits de la rue.

« J'ai toujours eu la mémoire des dates et, ce 10 novembre, nous écoutions gravement les nouvelles de la TSF, tandis que nous prenions le petit-déjeuner. La veille au soir, une fusillade meurtrière, faisant de nombreuses victimes, avait endeuillé Genève. Au travers de ce drame se profilait ce totalitarisme aveugle qui se répandait partout en Europe. La voix du speaker emplissait la cuisine. L'oreille tendue sur les commentaires radiodiffusés, ni Simone ni moi n'avions remarqué le visage fermé d'Angèle, ses lèvres pincées, son regard égaré. Elle n'avait pratiquement rien avalé. Cela lui arrivait parfois et nous n'insistâmes pas, ne percevant pas que, plus que jamais, elle avait besoin de nous. Aveugles, nous n'avons pas décelé que ce que nous prenions pour de la bouderie cachait, en fait, un réel désespoir.

« Comme tous les jeudis, je commençais plus tardivement mes visites, généralement sur le coup de neuf heures, tandis que Simone regagnait son officine. Angèle, n'ayant pas école ce jour-là, consacrait une partie de sa matinée à ses devoirs et ses leçons. Elle se chargeait ensuite de menus travaux ménagers et dressait le couvert pour le repas de midi.

« Ce matin-là, après le départ de ta mère, je m'étais attardé comme cela m'arrivait parfois, sachant que l'après-midi serait particulièrement chargé et entamerait largement la soirée. Calé au fond de mon fauteuil de bureau, le silence revenu dans la maison, je m'oubliais dans la lecture, sans conscience du temps. Il dut se passer un bon moment avant que mon attention ne soit détournée par des bruits dans le grenier.

« Encore ces lérots ! Le froid arrive ; ils le sentent et viennent faire leur nid. Il va falloir s'en occuper sérieusement si on ne veut pas qu'ils nous fassent trop de dégâts ! » me dis-je, contrarié. Pourtant, à bien écouter, ces bruits ne ressemblaient en rien à ceux qu'on entendait d'habitude : pas de trottinements vifs, mais par contre un pas lourd avec un soudain bruit de chaise bousculée.

« On aurait dit qu'il y avait quelqu'un là-haut. Intrigué, je décidai d'aller voir. La porte du grenier était effectivement restée entrouverte. Préférant ne pas appeler pour mieux surprendre, je montai précautionneusement les quelques marches de bois. Dans la pénombre, on pouvait distinguer la silhouette d'Angèle. Que venait-elle chercher au grenier, surtout sans nous en avoir parlé ?

« J'éclairais. À la vue de la scène qui se préparait, je crus que le ciel me tombait sur la tête. Elle était là, le visage défait, blafard et marqué de profondes cernes d'un violet presque noir, un regard perdu comme sous l'emprise d'une drogue, les cheveux épars. Une solide corde, avec un nœud coulant, pendait d'une poutre. Dessous, une chaise permettait d'atteindre la hauteur pour y glisser son cou.

« Il n'y avait aucun doute sur les intentions d'Angèle. Ses yeux s'emplirent de terreur quand elle s'aperçut de ma présence. Mais toute fuite lui était impossible. Sans réfléchir, je lui assénai une gifle cinglante. Elle la reçut sans sourciller, se contentant de baisser la tête, comme si elle s'y attendait. Elle tremblait de tout son corps et paraissait proche de l'évanouissement, sentant ses membres fléchir sous elle.

« Après ce geste incontrôlé, que j'ai d'ailleurs regretté aussitôt, je l'ai attrapée brusquement dans mes bras, comme pour mieux la retenir auprès de nous. C'est alors que je remarquai le tissu qui lui comprimait la poitrine.

« Mais qu'est-ce qui te prend ? Tu n'as pas le droit de faire ça ! De nous faire ça ! Nous tenons à toi et, ma profession à moi, c'est d'aider les gens à entretenir leur vie, non à la détruire », lui dis-je. « Je ne mérite pas votre confiance. Il faut que je le fasse », émit-elle dans un souffle rocailleux et perdu, entrecoupé de hoquets bruyants.

« Il fallait que je parvienne à la calmer afin d'en savoir un peu plus sur ses motifs destructeurs. Évidemment, j'avais bien compris ce que cachait ce bandage serré. Elle ne se décidait pas à parler. Des situations poignantes, j'étais amené à en rencontrer dans ma profession. Cependant, jamais je n'avais été confronté à un tel désespoir de la part de quelqu'un d'aussi jeune et qui, qui plus est, m'était aussi proche. Alors, perdant patience, je l'interrogeai : « Tu es enceinte ? »

« Elle opina de la tête, gardant le menton résolument baissé. Avec son avant-bras, elle cacha son visage pour dissimuler sa honte. Je la questionnai, essayant de taire ma propre contrariété. Elle répondait par monosyllabes ou par phrases brèves, bien souvent laissées en suspens. Lorsque, au bout de longues minutes, elle sembla quelque peu calmée, je l'enjoignis de me suivre dans la cuisine. Bien évidemment, je verrouillai la porte menant au grenier et enfournai la clef dans ma poche. « Tu m'attends là et tu ne bouges pas ! Je ne serai pas long », lui intimai-je.

« Il me fallait un peu de recul pour ordonner mes idées et présenter la chose à Simone. Aussi, je ne me pressai guère dans les escaliers qui menaient au rez-de-chaussée, et débouchaient dans l'entrée dont une porte s'ouvrait sur la pharmacie. Il me semblait être prisonnier d'un étau qui m'étouffait. Je m'étais érigé en tuteur d'une enfant que je n'avais pas su guider. Je suppose que je devais afficher une drôle de tête, car Simone ne me posa aucune question lorsque je lui glissai discrètement : « Viens ! C'est urgent, il y a un problème. »

« Tandis que nous remontions, j'expliquais brièvement à Simone l'acte désespéré d'Angèle et les raisons qui l'y avaient poussée. Sous le choc, son visage se vida de son sang. Elle dut se retenir à la rampe.

« Nous l'avons trouvée, penchée sur le rebord de la table, la tête cachée dans ses bras repliés. Elle n'osait pas nous regarder. Comment aurait-elle pu comprendre que ce n'était pas une colère, empreinte de brutalité, qui nous animait, elle qui avait si fréquemment côtoyé la violence… « Ce n'est pas une situation facile, mais ce n'est pas dramatique, émit alors Simone qui poursuivit : Bien sûr, nous sommes déçus de ta conduite, mais après tout un bébé c'est toujours un don du ciel. Tu n'as pas le droit de lui faire du mal. Lui, il n'a rien demandé. »

Angèle s'obstinait : « Je suis mauvaise ! Je n'en veux pas ! »

« Si ce n'était pas l'important enjeu de la vie et de la mort, on aurait presque pu croire à un caprice puéril.

« Finalement, agacé de constater que les arguments avancés n'aboutissaient à rien, j'ai fini par hausser le ton: « Comme je suis ton tuteur, la décision me revient. Nous allons y réfléchir et tu feras ce que nous te dirons ! »

« Il ne me fallait pas non plus me montrer trop brutal. Après tout, nous avions aussi notre part de responsabilité: nous attendions tant une enfant que nous n'avions pas vu l'adolescente qui se profilait en elle. Alors, radoucissant le ton, j'ai insisté: « Nous ne cherchons qu'à te protéger, toi et ton petit. Par contre, je veux ta promesse que tu ne tenteras plus rien ! »

« Angèle promit, complètement égarée dans un cauchemar irréel, mais, cependant, quelque peu soulagée de ne plus être enfermée dans la solitude de son secret. C'est vrai qu'elle ne lui voulait aucun mal, à ce bébé. C'était à elle seule qu'elle en voulait, de s'être laissé abuser, de n'avoir écouté que ses pulsions, d'avoir apporté la honte sur ce foyer qui lui avait fait confiance. Avant toute chose, elle redoutait le regard des autres, sa mise au ban d'une société aux préjugés ancrés et qui la condamnerait, aussi bien elle que son enfant.

« Elle finit par nous avouer les détails de sa malheureuse aventure. « Abuser d'une enfant ! Cela relève de la justice. C'est honteux ! » dit Simone. « De toute façon, il est reparti dans son pays, on ne sait où », ai-je tranché comme pour conclure.

« Angèle tremblait qu'on recherchât le père responsable et qu'on l'obligeât à l'épouser. Il ne lui était plus rien. Pire ! Elle le haïssait. Elle était loin de s'imaginer les sentiments qui nous animaient déjà. J'ai toujours été surpris du foisonnement des idées et de la rapidité des raisonnements lorsqu'on se trouvait confronté à un cas extrême.

« Angèle avait regagné sa chambre. Dans la cuisine, le silence tomba, pesant. Durant de longs instants, obscurcis et graves, nous évoluions dans une sorte d'immatérialité. Perdus, nous cherchions, chacun en silence, une solution qui, de toute façon, allait influer sur le cours de notre vie, de celle d'Angèle et de son enfant.

« Ce fut Simone qui prit l'initiative de parler en avançant qu'elle pourrait aider Angèle à s'occuper de ce bébé. Je n'arrivais pas à décrocher mon regard de la petite fontaine de terre vernissée verte, suspendue symboliquement à l'entrée de la pièce. Mon esprit errait dans de silencieuses régions, en quête d'une solution convenable pour tous. Bien sûr que la proposition de Simone était logique et tentante ! Seulement, que se passerait-il lorsque, plus tard, Angèle emmènerait son enfant vers un avenir dans lequel nous n'aurions plus de rôle à tenir ? Tant de soins, d'amour, d'attachement, ne pourraient que provoquer un déchirement incommensurable. Nous avions tellement désiré un enfant… Alors, plantant mon regard dans celui de ma femme, j'ai exposé clairement les choix qui se présentaient à nous : « Si nous prenons ce bébé dont elle ne veut pas, il ne faut pas qu'un jour elle change d'avis et nous l'enlève. Si nous l'adoptons, cela pourrait nous préserver. Seulement, il faut bien se rendre compte qu'elle restera sa mère naturelle et que viendra, tôt ou tard, le jour où nous lui devrons la vérité. »

« Au fur et à mesure que je parlais, tout devenait clair dans mon esprit. Ce bébé qui nous manquait tant, nous allions enfin l'avoir. »

Nous venions d'exposer nos projets à Angèle, avec calme et en cherchant le plus possible à la rassurer. De lourdes larmes plein les yeux, les paupières gonflées, la voix éraillée pour avoir trop pleuré, Angèle répétait qu'elle acceptait et assurait qu'elle ne nous décevrait pas.

« Tu ne pourras plus revenir sur ta décision ! En tout cas, j'espère que tu auras bien saisi qu'il y a des choses avec lesquelles on ne plaisante jamais et qu'il n'est aucunement question qu'il y ait de récidive. »

« Quelques heures auparavant, elle s'enfonçait dans un gouffre de désespoir l'entraînant vers la destruction. Nous venions de lui expliquer en mots concis et sans ambiguïté comment dénouer cette situation et ce que nous attendions d'elle, si elle acceptait. Maintenant, tout s'arrangeait, lui ouvrant la voie d'un avenir qu'elle n'aurait jamais envisagé.

« Bien sûr, il y avait cet enfant à naître, qui ne serait jamais reconnu comme le sien. Mais elle n'en voulait pas. Avec lui à ses côtés, sa vie resterait entachée de sa faute. Il ne faisait pas partie d'elle. Il lui était imposé. En fait, elle ne s'apercevait pas encore qu'elle reproduisait ce qu'elle avait vécu avec sa propre mère. Traumatisme indélébile dû à cette dernière qui ne lui avait appris que le rejet.

« Nous étions persuadés que nous lui offrions, là, la meilleure des solutions, aussi bien pour elle-même que pour son bébé. On ne peut donner que ce que l'on reçoit, avait-elle déjà estimé naïvement quand, enfin, elle fit le rapprochement avec sa propre enfance. Tandis que, au cœur d'une famille qui le reconnaîtrait comme sien et qui n'attendait que lui, il recevrait cette tendresse, cette reconnaissance, qui lui permettraient de se construire harmonieusement, se persuada-t-elle, face à nos arguments, pour justifier son acte et se donner bonne conscience.

« Froidement, crispé par la gravité de la situation, j'énumérais les directives qu'il convenait de suivre scrupuleusement, tandis que Simone ne pouvait contenir ses larmes. Bien sûr que chacun d'entre nous prenait des risques, mais ils étaient étudiés et soupesés ! Enfin, pour tranquilliser la future maman, je lui assurais que, cette grossesse, j'allais la suivre tout particulièrement : « Tu es jeune et robuste, tout devrait bien se passer. L'accouchement ne devrait poser aucun problème. »

« Dès le lendemain, Angèle reprit le chemin de l'école, comme s'il ne s'était rien passé. Il avait été convenu qu'elle continuerait à la fréquenter tant que son état pouvait être dissimulé. On pouvait penser que cela la conduirait jusqu'à la fin du premier trimestre scolaire. Ensuite, il faudrait recourir à un enseignement à distance. Il existait des écoles sérieuses, soumises à un strict contrôle pédagogique de l'État, qui pourraient la préparer, dans de bonnes conditions, au certificat d'études.

« Finalement, l'adolescente n'éprouvait plus de rancœur envers ce petit être qui remuait en elle. C'était grâce à sa venue que son avenir s'ouvrait sur un horizon qu'elle n'aurait jamais pu espérer. Ses projets n'avaient rien de maternel, ils ne concernaient qu'elle. Seulement, à presque quatorze ans, après une enfance reniée, comment ne pas faire preuve d'égocentrisme lorsque enfin une porte s'ouvrait ?

« Il fallut également penser à renouveler la garde-robe d'Angèle, l'habiller de vêtements qui cacheraient au mieux son état, tandis que Simone porterait, au contraire, des robes qui afficheraient une grossesse enfin arrivée. Tout le monde devait croire que c'était elle qui était enceinte. Alors, tandis qu'Angèle essayait de dissimuler ses formes qui s'arrondissaient, Simone, au contraire, entourait sa taille et son ventre d'épais tissus pour alourdir son apparence.

J'estimais plus prudent de s'éloigner du village et d'installer la famille à Saint-Maximin, dans un quartier excentré où l'on ne nous connaissait guère. Rien ne devait transpirer, et jusqu'à mon propre frère que je me refusais à mettre au courant de la situation.

« Lorsque la maisonnée s'abandonnait au sommeil, le cœur d'Angèle se serrait, nous a-t-elle avoué un jour. Elle se sentait envahie d'une étrange détresse mêlée d'incompréhension, presque de rébellion. On peut imaginer quelles furent ses frustrations devant toutes ces félicitations adressées à une autre alors qu'elle-même n'aurait eu droit qu'à l'opprobre général ! Préjugés incohérents, tantôt condamnatoires, tantôt louangeurs, pour un événement identique selon qu'il entrait ou non dans les règles définies par les hommes. Submergée par la fatigue de la journée, elle ne tardait jamais à se laisser douillettement gagner par un sommeil qui, au réveil, avait balayé la moindre de ses craintes.

« Les fêtes de Noël avaient été préparées dans la fébrilité. Cette année, elles revêtaient, pour nous, une importance particulière. Même s'il n'était pas encore né, le bébé était déjà là, présent, et tout s'articulait autour de lui. Angèle comprenait mal cette effervescence tout en appréciant, cependant, les soins dont elle était entourée. Jamais elle n'avait encore connu une existence aussi protégée.

« Sa taille s'épaississait et il devenait de plus en plus difficile de cacher son état. Il ne pouvait donc être question qu'elle retournât à l'école. Comme j'étais médecin, il ne me fut pas difficile de justifier son absence. La délivrance était prévue pour avril. Il était encore un peu tôt pour migrer vers Saint-Maximin, d'autant plus que l'hiver s'annonçait exceptionnellement rude.

« Aux premières heures de la matinée, le givre décorait d'une dentelle de cristal les fenêtres. Les fruitiers du jardin s'étaient dénudés et, sous le vent du nord, leurs branches s'agitaient en ombres chinoises dans un décor de ciel gris. Le poêle ronronnait doucement, diffusant une odeur âcre qui piquait parfois légèrement les yeux. La première semaine de février, la neige s'était mise à tomber, engourdissant la nature sous une couverture ouateuse qui s'enfonçait sous les pas alourdis d'Angèle. La pharmacie fermée, elle se dégourdissait les jambes entre les hauts murs de pierre qui dissimulaient le jardin aux yeux des passants. Le monde extérieur ne lui manquait pas et Angèle se laissait bercer dans cette hibernation protectrice.

« Finalement, je l'avais inscrite aux cours Hattemer, une école par correspondance réputée pour son sérieux. Elle était bien consciente du pacte qui nous liait et appréciait d'ailleurs cet encadrement familial. Sortilège de l'espoir, elle s'inventait un futur pour lequel elle se sentait prête à affronter tous les obstacles. Elle nous parlait davantage et nous l'écoutions. Jamais nous ne l'avons jugée.

« Au fur et à mesure que le ventre d'Angèle s'arrondissait, Simone bourrait de tissus ses propres sous-vêtements, accentuant une démarche lourde et cambrée, copiant méticuleusement les postures de la future parturiente. Ces moments de connivence apportaient de l'assurance à la future maman, que la fatigue accablait de plus en plus rapidement.

« À la mi-mars, alors que les jours s'allongeaient et que les arbres se recouvraient de fleurs, nous décidâmes de nous installer à Saint-Maximin pour les semaines à venir. Simone avait confié son officine à sa préparatrice que superviserait l'une de ses amies, pharmacienne à Clermont-l'Hérault.

« Refusant l'hospitalité de mon frère, j'avais loué une maison de village, rue de l'ancienne tannerie, à deux pas du centre. Elle s'ouvrait à l'arrière sur un jardinet abrité par des arbres en pleine floraison et ceint d'une palissade aveugle. Certes, j'avais repéré une demeure plus vaste et plus en retrait, mais mon choix s'était porté sur celle qui présentait le rare avantage d'être équipée du téléphone.

« Après avoir installé Simone et Angèle à Saint-Maximin, j'avais regagné l'Hérault. Il était convenu que je revienne chaque semaine, dès le vendredi soir après ma dernière consultation. Les jours rallongeaient sensiblement et il me fallait quatre heures de conduite pour gagner le Var, au volant de ma Rosengart. Lorsque je constaterais l'imminence de l'accouchement, je resterais alors à Saint-Maximin le temps nécessaire. Un remplaçant, en fin d'études de médecine à Montpellier, devait assurer mon remplacement. Tout était bien organisé, il n'y avait plus qu'à espérer qu'aucun problème ne vienne à surgir. Ce qui d'ailleurs semblait peu probable.

« Lorsque quelqu'un se présentait à la maison, Angèle s'esquivait. Simone trouvait toujours une justification à ces absences. Parfois, on l'entrapercevait dans l'embrasure d'une porte. Elle portait des vêtements amples et personne n'avait prêté attention à son tour de taille épaissi. D'autant plus qu'on pouvait également lui attribuer un embonpoint dû à une adolescence perturbatrice.

« Cette semaine-là, j'étais revenu à Saint-Maximin le dimanche. Nous étions déjà le 2 avril. Chargé de deux lourdes valises, je venais m'installer, pour les jours à venir, auprès des miens. Alors qu'elle me vit débarquer dans cet équipage, Angèle sentit l'angoisse monter en elle. Elle comprit que la délivrance, et avec elle son cortège de souffrances, se précisait. Ensuite viendrait cet inconnu qu'elle aurait à affronter, loin de nous, auprès d'une famille ignorante de ce qui nous était arrivé. Dans l'immédiat, il lui restait encore un peu de temps avant d'aborder cette nouvelle existence qu'elle imaginait difficilement et qui l'effrayait.

« Une semaine plus tard, en ce dimanche des palmes, les cloches carillonnaient à toute volée, appelant les fidèles à la bénédiction des Rameaux qui marquait le début de la semaine sainte. Le soleil frappait doucement les carreaux et, au jardin, l'amandier s'était paré de vert. Au loin, le clocher bourdonnait régulièrement, rappelant aux fidèles le cortège des jours saints qui débutait.

« Angèle évoluait dans un nuage qu'elle ne parvenait pas à dissiper. La matinée se traînait, pesante, irréelle. Son ventre tressautait presque sans répit. Le bébé se montrait particulièrement remuant. Une première convulsion lui tira une grimace, nous alertant aussitôt. Le moment était enfin arrivé. Heureusement, en tant que médecin, je gardais ma maîtrise. Simone était au bord des larmes tandis que la panique s'emparait de l'adolescente.

« Les douleurs arrivaient, taraudant à chaque fois un peu plus les reins d'Angèle. Pourtant, je lui avais bien expliqué que ce mal, qu'on osait gratifier de « joli », passait par une épreuve pénible avant d'aboutir sur cette délivrance qui donnait la vie. La parturiente, son jeune corps convulsé, repensait à cet adage qui énonçait que l'on était puni par où l'on avait péché. Sa faute lui parut bien grande !

« Cependant, elle était robuste et en bonne santé. Au bout de quelques interminables heures de travail, le bébé, libéré, poussa enfin ses premiers vagissements. Une belle petite fille que Simone s'empressa de nettoyer et d'envelopper, avec moult précautions, dans un épais lange de coton. Simone était aux anges, heureuse comme je l'avais rarement vue.

« Il fallait donner un prénom à cette enfant. Nous nous devions, malgré tout, de consulter Angèle. Après tout, c'était bien le moins que nous lui devions. Elle nous offrait là le plus beau cadeau de notre vie. Quelle ne fut pas notre surprise lorsqu'elle nous déclara, sans la moindre hésitation, vouloir l'appeler Mathilde ! Cherchait-elle ainsi à créer ce lien que sa propre mère lui avait toujours refusé, cette mère dont elle avait toujours, envers et contre tout, recherché l'amour ?

« Lorsque tout fut en ordre, Simone, vêtue d'une simple robe de nuit de coton immaculé, au col finement bordé de dentelle, s'allongea au creux du large lit de la grande chambre conjugale. Un petit berceau où dormait notre petite Mathilde jouxtait la couche.

« Épuisée mais soulagée, Angèle, que les tremblements n'avaient pas quittée, reposait quant à elle à l'étage supérieur. Il lui semblait sortir d'un cauchemar. Elle n'aspirait plus qu'au calme.

« Alors, je me décidai enfin à prévenir mon frère de l'imminence de la naissance. Et lorsque ce dernier arriva rue de l'ancienne tannerie, il n'eut plus qu'à constater, comme je l'avais prévu, que la maman et l'enfant se portaient à merveille. »

Mathilde s'appuya contre le dossier de son siège, comme pour se retenir de ne pas tomber, tant la tête lui tournait et le souffle lui manquait. Son estomac s'était crispé sous le choc de la révélation. Jusqu'aux derniers mots d'André, partagée entre incompréhension et désarroi devant l'évidence qui s'imposait petit à petit à elle, Mathilde ne parvenait pas à admettre qu'il s'agissait de sa propre naissance. À présent que toutes les équivoques étaient levées, elle ne reconnaissait plus rien de ce qui l'entourait. Un voile épais lui dissimulait toute chose, l'isolant dans un monde irréel.

L'atmosphère était devenue subitement oppressante, déstabilisante. Elle se sentait abusée, victime d'une mascarade. Observant son père à la dérobée, elle découvrait en lui un personnage inconnu, sombre, voire même étrange, que son autoritarisme avait poussé à décider du sort de chacun d'entre eux.

Les questions se bousculaient en Mathilde. André lui aurait-il un jour révélé tout ceci s'il n'y avait pas eu cet héritage qui l'avait incitée à entreprendre des recherches inimaginables ?

Il avait fallu qu'elle approchât de la cinquantaine pour découvrir ses origines. Elle se faisait l'effet de n'avoir été que l'objet d'un marchandage dont il avait dicté les règles.

Comment avaient-ils fait pour lui taire son histoire, une histoire dont elle ne s'était jamais doutée ? S'agissait-il d'un manque de confiance envers eux-mêmes d'abord, Angèle ensuite ou même Mathilde elle-même ?

En fait, ses interrogations s'adressaient muettement à Simone, et non pas à son père. Plus que jamais, elle ressentait douloureusement son absence. Sa mère aurait su lui expliquer, la convaincre, mais elle ne pouvait plus l'entendre alors que Mathilde avait tant de choses à lui dire et à lui demander, à lui confier. En cet instant, elle se sentait égarée et abandonnée.

Toutes les deux avaient uniquement suivi une route tracée par André. L'une consciemment, tandis que l'autre restait maintenue dans l'ignorance. Elle n'en voulait qu'à son père. Jamais elle n'aurait pu l'imaginer aussi dissimulateur. Il les avait trompées toutes les deux.

La voix de son père lui paraissait lointaine ; pourtant, il continuait sur le même ton, empreint d'une émotion difficilement contenue. Il évoquait ses premiers instants au monde avec les mêmes accents sur lesquels elle avait vibré lors de la naissance d'Aline, alors qu'ils avaient le bonheur d'être enfin parents. Il lui racontait le nouveau-né qu'elle était.

Ses paroles lui arrivaient, assourdies. Elles semblaient venir d'un autre monde. Elle étouffait. Elle éprouvait le besoin impératif de se libérer de cette chape, de respirer librement. Elle se leva, chancelante, ouvrit la porte-fenêtre et, avançant tel un automate, se retrouva sur le balcon. Le vent soufflait du nord, froid et brusque, cinglant comme une gifle.

Il fallait qu'elle se ressaisisse. Elle était animée de sentiments contradictoires. Simone restait indéniablement sa mère et, à bien y réfléchir, elle considérait toujours André comme son père. Mais elle n'en voulait qu'à lui. Peut-être parce qu'il était seul en face d'elle, apparemment impassible comme s'il lui contait la trame d'un roman ?

De toute façon, que pouvait-elle faire désormais, alors que près de cinquante ans s'étaient écoulés ? Elle pensait qu'il aurait pu trouver bien plus tôt le moment opportun pour lui faire cet aveu. Elle n'envisageait pas que cette révélation ait pu venir de Simone. Elle ne pouvait venir que de lui.

Ce père, elle l'avait trop idéalisé. Son admiration de petite fille ne s'était jamais démentie au fil des ans. Voilà qu'elle découvrait ses faiblesses, ses trahisons. Il se révélait comme un homme d'ombre, avec ses secrets qui n'avaient rien de simples cachotteries, depuis cette double vie menée avec Denise jusqu'à ce silence en ce qui la concernait. Non seulement il s'était tu, mais il lui avait menti.

Lui, l'homme fort, son guide irréprochable, soudain, il lui parut également si fragile, si sensible ! Jamais elle n'aurait pu imaginer la violence des sentiments qui l'animaient. Bien tardivement, elle le découvrait sous un nouveau jour : il était si différent de l'image qu'elle avait de lui ! L'amour était-il condamnable ou excusable ?

À présent, elle avait froid. Désemparée, elle revint s'asseoir face à André dont les yeux s'étaient bordés de rouge. Subitement, elle eut envie de se libérer en lui lançant une phrase lapidaire, accusatrice et condamnatoire. Les mots ne franchirent pas ses lèvres, car, envers et contre tout, il restait ce père qui l'avait guidée dans la vie et lui avait inculqué ce respect que l'on se doit à soi-même et que l'on doit aux autres. Il lui était difficile de mettre en accusation un homme que l'âge rendait vulnérable et qui mettait son âme à nu, effaçant tant de longues années de silence.

Le regard inquiet, André attendit que Mathilde ait repris sa place en face de lui pour poursuivre. Il s'exprimait d'une voix douce, de celle qu'il prenait autrefois, lorsqu'elle était une toute jeune enfant et qu'il lui contait une histoire, alors que le sommeil la gagnait.

— Tu avais à peine une quinzaine de jours, lorsque nous sommes revenus chez nous. La vie s'organisait autour de toi. J'avais repris mes consultations tandis que Simone ne descendait que très rarement à la pharmacie.

« Angèle n'arrêtait pas de pleurer. Pas des sanglots convulsifs, mais des larmes lourdes qui s'écoulaient régulièrement et qu'elle ne parvenait pas à maîtriser. « Arrête un peu ! Tu vas faire tourner ton lait ! » lui déclarait Simone qui ne savait pas comment endiguer ces flots.

« Ces séances de tétées ! Combien Angèle les redoutait ! Sa poitrine, lourde et gonflée était douloureuse. Elle aurait aimé que l'on oublie son corps, qu'on la laisse le retrouver tel qu'il était quelques mois auparavant. Son corps, malmené, lui appartenait. Elle ne voulait plus avoir à le partager. Elle se reprochait de n'éprouver aucun sentiment de tendresse lorsque tes lèvres cherchaient avidement son mamelon. Pourtant, elle ne te voulait aucun mal, loin de là ! Elle était simplement trop jeune.

« Simone consacrait toute son énergie à te soigner. Elle t'entourait d'une tendresse infinie et exclusive, écartant systématiquement Angèle en dehors de ces instants d'allaitement. Comme si elle redoutait qu'elle puisse s'attacher à toi.

« Cependant, consciente que, de toute façon, tu ne lui appartiendrais jamais, Angèle ne parvenait pas à te considérer comme sa fille. Elle paraissait ne ressentir aucun élan maternel. Et cela nous allait bien !

« Nous lui avions expliqué qu'elle devrait te nourrir pendant les tout premiers mois, soit par contact direct, soit avec l'aide d'un impersonnel tire-lait qui permettait ainsi à Simone de te donner le biberon. Lorsque tu réclamais et que Simone se trouvait en compagnie, elle prétextait d'une insuffisance de lait, justifiant ainsi le procédé. D'ailleurs, elle ne fut pas longue à recourir aux poudres qui se substituaient à cet aliment essentiel dans la vie d'un bébé, et qu'elle vendait dans sa propre pharmacie.

« Angèle, qui avait pourtant affronté les excès et les souillures de la conduite incontrôlée de sa propre mère, supportait péniblement tes pleurs bruyants. Comment un si petit bout de chou pouvait-il s'époumoner à en blesser les tympans ?

« Elle se montrait aussi un peu jalouse en constatant que, désormais, nous n'avions d'yeux que pour toi. Nous ne la négligions pas, loin de là ! Mais il est vrai que tu étais devenue le centre de notre vie.

« Elle était persuadée que tous les soins, dont elle avait été entourée pendant sa grossesse, en fait, ne lui avaient pas été destinés, mais se focalisaient sur la vie qu'elle portait. À présent, elle se sentait tolérée, mais exclue du monde auquel tu appartenais désormais.

« Elle avait si peu reçu de sa propre mère qu'elle se sentait incapable de donner. Elle restait toujours une enfant en quête de cette affection qui lui avait été refusée. En fait, elle continuait à chercher sa mère sans avoir conscience de sa propre maternité.

« Elle en arrivait presque à avoir peur de son propre bébé : trop fragile, trop envahissant, trop perturbateur. Elle redoutait un mouvement maladroit qui aurait pu te blesser.

« Tandis qu'Angèle préparait son certificat d'études, tu t'épanouissais à la vie. Cependant, tu étais un bébé émotif dont les pleurs fréquents perturbaient les nuits de la maisonnée.

« Alors, elle se retranchait dans sa chambre, s'enfonçait dans ses livres et ses cahiers, s'essayait à l'apprentissage du solfège, cet alphabet de la musique, langage universel et indispensable. Lorsque Simone sortait le landau pour la promenade quotidienne à laquelle elle sacrifiait volontiers une bonne heure, Angèle en profitait pour s'entraîner sur le piano droit du salon. Elle avait découvert cette méthode, mise au point par le Suisse Émile Jaques-Dalcroze, qui permettait un apprentissage rythmique indispensable à tout devenir musical. Elle s'y adonnait avec obstination et discipline et accomplissait de rapides progrès.

« Simone, de son côté, t'accaparait sans retenue. Cette enfant, elle l'avait tant voulue, elle avait connu tant de désespérance tout au long de ces années stériles… Par-dessus tout, elle redoutait qu'Angèle ne revînt sur sa décision, ou bien qu'un jour elle ne manifestât sa légitimité.

« Pourtant, j'avais tout fait dans les règles. Dès le lundi matin, le 10 avril, je m'étais présenté à la mairie de Saint-Maximin et avais fait enregistrer Mathilde Bolant, née officiellement de notre couple, en présence de Ginette Robin qui avait assisté à l'accouchement. Désormais, Mathilde, tu figurais indélébilement sur notre livret de famille.

« Et, si aucune contestation n'était possible, il restait néanmoins ce cordon ombilical qui pourrait un jour réveiller la conscience d'Angèle. Il convenait donc de l'écarter le plus possible, jusqu'à l'éloigner définitivement, avant que les sentiments ne s'installent.

« À notre grande satisfaction, Angèle fut reçue à son certificat d'études. Devant la fierté que nous éprouvions face à sa réussite, elle nous promit, une fois de plus, qu'elle ne nous décevrait jamais. Les vacances s'annonçaient. Par contre, cette année, il n'était pas question de l'emmener à Saint-Maximin.

« Elle resta donc au village et ressentit un fort pincement au cœur quand elle vous vit Simone et toi dans ses bras, monter dans la voiture familiale. Des larmes embrumèrent son regard foncé, mais s'accrochèrent à ses longs cils noirs. Cet au revoir prenait des allures d'adieu. Elle savait qu'à la fin des vacances, lorsque ta mère et toi reviendriez au village, elle serait loin. Pressentait-elle alors que vous ne vous retrouveriez jamais plus ?

« Effectivement, j'avais déjà tout organisé. À la faculté de médecine, je m'étais lié avec un autre étudiant qui, diplôme en poche, s'était installé à Toulouse d'où il était originaire. On ne se revoyait que rarement, mais nous entretenions une correspondance suivie et confiante. Moyennant une petite pension, ce confrère avait accepté d'accueillir Angèle au sein de sa famille, de l'encadrer et de me tenir informé de son évolution.

« À cette époque, il manquait encore trois années avant qu'Angèle, alors âgée de quatorze ans à peine, ne puisse intégrer la classe de chant du conservatoire de musique de Toulouse. Une scolarité en collège la conduirait au brevet et lui permettrait, en même temps, d'aborder des cours de musique de manière à étoffer son dossier d'inscription à cette école magique qui allait guider sa future carrière de chanteuse.

« Bien entendu, nous avons assumé tous les frais comme si elle avait été notre propre fille. Elle savait qu'elle pouvait compter sur nous. Nous le lui devions bien !

« Angèle ne revint jamais au village. Elle réussit brillamment son brevet et fut admise au conservatoire. Les quatre ans que durèrent ses études musicales affirmèrent sa passion pour le chant. Sa volonté ne laissait aucune place au moindre découragement.

« Elle nous écrivait peu, mais avait toujours une brève pensée pour toi. Elle s'épanchait rarement, comme toujours. Mais, en ce qui concerne ton abandon, éprouvait-elle de la honte, des regrets ou de l'amertume, ou tout simplement, cherchait-elle à nous éviter toute angoisse ? Quelles que puissent être ses pensées, il n'y avait plus de retour possible.

« Lorsque la guerre éclata, elle se trouvait à Paris. Elle avait réussi le concours d'entrée au Conservatoire national supérieur de musique et avait intégré l'atelier lyrique de la rue de Madrid, point de référence et d'excellence de l'enseignement musical dans le monde entier. Nous en étions fiers pour elle.

« Outre ses frais d'études, je lui adressais régulièrement un mandat pour l'aider dans son quotidien et lui permettre d'avancer sereinement dans son apprentissage. Elle était courageuse et ne réclamait jamais plus que ce que nous lui donnions. Elle assurait quelques cours de piano pour compléter ce que je lui versais. Elle n'avait pas de gros besoins et ne vivait déjà que pour son art.

« En ce Noël 1942, aucun courrier ne nous parvint de Paris. Ce n'était pas qu'Angèle nous écrivît, beaucoup mais, traditionnellement, elle nous adressait ses vœux pour les fêtes de la Nativité. Puis le mandat que je lui adressais régulièrement me revint. Malgré mes recherches, personne n'a pu nous renseigner. Elle avait disparu. Durant ces dernières années de conflit, nous sommes restés dans l'ignorance et l'inquiétude. Il fallut attendre le retour de la paix pour qu'une lettre d'Angleterre nous parvienne enfin. En fait, ce fut la dernière qu'Angèle nous adressa.

« Les ponts semblaient définitivement coupés. Nous ne savions plus où la joindre. Finalement, cette absence nous convenait. Malgré tout, au fil des ans, nous avons toujours suivi attentivement sa carrière grâce aux articles que les journaux lui consacraient. Et, sans arrière-pensée, nous avons assumé pleinement notre rôle de parents auprès de toi. »

Tout était dit. Le rideau était retombé, ramenant Mathilde et son père en ce début d'après-midi de novembre 1978. André soupira par deux fois, se passant les mains sur les cuisses. À présent, il gardait la tête baissée. Il n'osait lever les yeux et croiser le regard de sa fille. Il n'aurait pas supporté le moindre jugement de sa part. Après tout, il avait agi pour le bonheur de tous. On ne pouvait pas le lui reprocher, même s'il avait volontairement franchi les barrières de la loi. Il n'avait jamais éprouvé le moindre remords, si ce n'est, peut-être, celui de ne pas avoir tout révélé plus tôt à Mathilde. Sa seule excuse était qu'il craignait qu'elle n'adressât un quelconque reproche à son épouse décédée.

Le silence avait envahi la pièce, pesant, anesthésiant. André semblait soulagé. En fait, l'histoire s'arrêtait là où, depuis toujours, il avait décidé qu'elle devait se terminer. Le dernier épisode n'appartenait qu'à lui. Pendant toutes ces années, il l'avait même caché à sa propre épouse. Ce n'était pas pour le révéler maintenant.

Car il y avait eu une autre lettre d'Angèle, tandis qu'elle commençait à s'affirmer dans le milieu de l'opéra. Il s'agissait d'une missive brève, toujours attentionnée et respectueuse, mais qui, cette fois-ci, se terminait avec une demande précise, presque impérative dans sa tournure. La jeune femme manifestait le souhait de pouvoir un jour approcher Mathilde, afin d'immortaliser son visage, jusque-là inconnu. Devant les deux mots, « ma fille », utilisés par la cantatrice, André avait soudain eu peur.

Alors, une fois de plus, il avait tranché en rappelant à la jeune femme, en termes précis et sans fioriture, son engagement d'antan. Il lui précisait, dans sa réponse, qu'il était préférable que, dorénavant, elle ne leur écrive plus et que les ponts soient définitivement coupés. Il était hors de question de venir perturber l'harmonie du foyer dans lequel Mathilde s'épanouissait. Il n'y avait plus eu de lettres.

Là, face à Mathilde, l'idée qu'il s'était trompé l'effleura. Il la repoussa vivement. Ce dernier courrier d'Angèle, il n'avait jamais pu s'en défaire. Plié en quatre et dissimulé dans son portefeuille, avec le temps, le papier s'était fané, prenant une nuance bistrée. Quelques très rares fois, il avait été tenté de le sortir de sa cachette. Mais, réfutant toute culpabilité, il ne l'avait jamais fait. S'il appréciait que l'on voie en lui un patriarche, il n'était pas question qu'il apparaisse comme un manipulateur.

De son côté, Mathilde restait toujours sans voix. Le visage sombre, le regard brouillé, elle ne désirait que le silence afin de mettre de l'ordre dans ses pensées. Son cœur battait sourdement, presque douloureusement. La tête en désordre, elle éprouvait une étrange détresse, effrayée par l'ombre d'Angie qui l'enveloppait. La voix de la chanteuse disparue l'avait toujours envoûtée. L'espace d'un instant, il lui parut étrange qu'elle n'ait jamais ressenti, pour elle, quelque chose de plus personnel, de plus intime que de l'admiration.

Elle se prit à penser qu'elle ne pourrait jamais l'appeler « Maman ». Elle s'en voulut aussitôt de cette réflexion. Une mère, même si elle avait été adoptive, elle avait eu la chance d'en avoir une : aimante, dévouée, exceptionnelle, elle venait de disparaître. La voix du sang serait-elle donc plus forte que l'amour quotidien de celle qui veillait sur vous ? Qu'est-ce que cela lui apportait de se savoir la fille naturelle de quelqu'un de célèbre ? La curiosité ne pouvait pas entamer ce halo de tendresse.

Elle ne pourrait jamais se recueillir, non plus, sur une tombe, puisque Angie avait demandé à être incinérée et que ses cendres avaient été dispersées quelque part en Pennsylvanie, un endroit dont Mathilde n'avait d'ailleurs pas retenu le nom.

Elle repensa à la jeune femme vêtue de soie dans le cabinet de l'avocat new-yorkais. Elles étaient si différentes... Il lui parut évident que cette dernière ne la reconnaîtrait jamais comme sa demi-sœur. Leur monde n'avait rien de commun.

Avec le récit qui se terminait, la colère de Mathilde s'apaisait. Simone avait disparu, il ne fallait pas qu'elle perde aussi André, qu'elle s'éloignât de lui. Elle sentait que cet aveu, d'autant plus choquant qu'il était tardif, ne parviendrait pas à rayer une vie d'affection. Il lui avait tant donné ! Elle serait bien ingrate de le repousser au nom d'un stupide amour-propre ou d'une éventuelle vengeance à laquelle elle ne trouvait d'ailleurs aucune justification.

Dans l'esprit de Mathilde, une interrogation s'imposait.

— Pourquoi ne pas m'avoir tout raconté avant mon départ pour les États-Unis ?

André n'hésita pas dans sa réponse. Simone avait toujours redouté, au tréfonds de son âme, qu'un jour Mathilde lui reprochât leur acte. Même si le bonheur était rassurant et tissait sa trame d'oubli, ils n'en avaient pas moins gardé certaines appréhensions. En se taisant, il ne faisait que protéger son épouse. Enfin, il lui avoua :

— J'en ai honte, mais je dois reconnaître que nous avons été soulagés lorsque nous avons appris par la presse la disparition d'Angèle. Ce n'était pas un sentiment bien charitable, loin de là ! Et je m'en veux encore.

Bien au contraire, cet aveu grandissait André aux yeux de sa fille. Au prix d'un risque indéniable, sa générosité de cœur leur avait apporté le bonheur. Alors, comment pouvait-elle lui en vouloir. Et de quoi d'ailleurs ? De quel droit s'érigerait-elle en juge ? Cette dernière révélation, sobre et sincère, presque murmurée, la conforta dans le respect qu'elle lui avait toujours porté.

Elle se leva lentement et s'approcha de son père. Elle s'assit à côté de lui, lui prit la main qui reposait sur le bras du fauteuil et l'embrassa. Les yeux dans les yeux, ils s'étaient retrouvés. Plus aucune distance n'existait entre eux. Le père s'effaçait pour redevenir ce « papa » de son enfance. Les mots n'avaient plus leur place. Ce simple geste résumait tous les éventuels commentaires.

Mathilde, qui trouvait sa vie fade, devenait subitement l'héroïne d'un feuilleton digne d'une saga épistolaire. Seulement, cette aventure-là, elle pourrait difficilement l'évoquer. D'abord à qui ? À sa propre fille ? C'était, là encore, trop tôt.

Ce secret, elle ne le distillerait que chichement. Trop rares étaient ceux qui pourraient en être les dépositaires. Peut-être un jour coucherait-elle sur le papier cette histoire pour qu'elle ne disparaisse pas et pour que sa propre fille puisse en garder la mémoire. Mais le temps n'était pas encore venu.

Un coup frappé sur la porte d'entrée la tira de ses pensées, rompant cette harmonie retrouvée. Denise arrivait. André s'extirpa lentement de son fauteuil. Il s'impatientait devant ses bagages qu'il n'avait pas terminé de boucler. En fait, il cachait son émotion derrière une bougonnerie feinte.

Mathilde sursauta en voyant Denise entrer. Elle représentait encore un épisode caché dans la vie de son père. Mathilde se prit à se demander depuis combien de temps ils étaient amants. Après tout, valait-il mieux vivre aux côtés d'un dissimulateur plutôt que se trouver face à un mari qui vous abandonnait pour une autre ?

Elle comprit que sa présence créait une gêne. Elle n'avait pas envie d'affronter une intimité qui ne la concernait pas. Elle préféra les laisser seuls. Encore sous le choc, elle se montra très laconique et s'enfuit presque comme une voleuse.

Tandis qu'elle regagnait Clermont-l'Hérault, elle décida elle aussi de boucler sa valise et de prendre la route de Saint-Maximin. Elle avait besoin de cette liberté que lui offrait ce terrain du Recours. Elle retrouverait le chef de chant. Auprès de lui, elle pourrait se confier.

À présent, Mathilde avait pris du recul sur les révélations de son père. Rien ne l'empêchait d'évoquer la provenance de son héritage, même si elle devait taire le lien qui l'unissait à Angie. Il était hors de question que l'aveu de cette filiation puisse porter une atteinte quelconque à l'image d'intégrité de son père. Cette parenté ne signifiait pas grand-chose pour elle et n'atténuait en rien l'affection qu'elle portait à ceux qui restaient indéniablement ses parents. Toutes ces belles tirades sur les liens du sang lui paraissaient vides de sens.

Spontanément, elle voulait que ses premières confidences aillent à Aline. Dans son esprit, il était hors de question qu'elle reproduise, auprès de sa fille, le mensonge dans lequel on l'avait maintenue. À peine rentrée chez elle, elle l'avait aussitôt appelée. Seulement, celle-ci, plongée dans la préparation d'examens, n'était guère disponible pour envisager de lui consacrer le week-end suivant.

Mathilde dut, à son grand regret, passer par l'intermédiaire impersonnel du téléphone. Elle se contenta de lui parler de cette petite Angèle dont Aline ignorait tout. Elle raconta comment elle était arrivée au village, au sein de la famille Bolant, sa passion musicale, les études payées par André. Par contre, elle passa sous silence sa grossesse, taisant la partie intime de l'histoire dans laquelle son père avait joué un rôle prépondérant. Les questions fusaient. L'excitation gagnait Aline. Aux intonations de la voix de sa fille, Mathilde imaginait aisément l'expression étonnée et ravie sur son visage.

Il était bien évident qu'il y aurait une suite plus détaillée, dès leurs prochaines retrouvailles. La confidence viendrait lorsqu'elles se retrouveraient seule à seule pour partager ce moment d'exception. Face à Aline, elle devait trouver les mots justes pour ne pas la choquer. Elle avait besoin de temps pour lui expliquer. Plongeant alors son regard dans le sien, elle tenterait d'interpréter et de guider ses réactions. Elle tenait à préserver intactes l'affection et l'estime qu'Aline avait toujours portées à ses grands-parents. Rien ne devait changer et cette révélation viendrait certainement renforcer leur complicité et le respect qu'elles se portaient réciproquement.

Mathilde avait repris la route de Saint-Maximin. Elle essayait de se concentrer sur la conduite, mais ses pensées s'envolaient imperceptiblement vers d'autres horizons. Elle n'en était plus aux questionnements, mais aux projets. Elle regardait toute chose d'un œil neuf et curieux, entremêlant assurance et timidité. La route lui parut moins longue.

Quand elle poussa la porte de la maison de sa tante, elle eut l'impression de l'avoir quittée la veille. Les fenêtres fermées atténuaient les quelques rares bruits qui parvenaient de la ville engourdie par les frimas de ce début de novembre. Intemporalité d'une maison chaude d'un passé préservé, aux couleurs et aux odeurs si provençales… Henriette l'accueillit toujours aussi chaleureusement. Son accent chantait au fil de ses questions. Rapidement, les bavardages s'orientèrent sur les potins et les menus événements de ce microcosme où tous se connaissaient, parfois depuis des générations, lorsqu'un lien de parenté ne les rapprochait pas. Il était impensable que les révélations de sa naissance viennent perturber cet ordre établi et harmonieux.

— Au fait, tu te souviens du fils Barjoux, celui qui était parti en Afrique, pour Michelin. Il est rentré en France et en ce moment, d'ailleurs, il est chez ses parents.

Son image s'imposa aussitôt à Mathilde. Ce Gérard, il avait accompagné ses vacances dès son plus jeune âge et avait même provoqué les premiers élans de son cœur d'adolescente séduite par sa mèche rebelle et son regard assuré. Ses parents habitaient de l'autre côté de cette place Barboulin qui, à l'ombre des grands arbres, offrait aux enfants un terrain de jeu sécurisé.

— *Té* ! Lui aussi, peuchère, il a divorcé ! Il a deux petits qu'il vient de conduire dans la famille de leur mère, à Toulon, pour les vacances. Il en profite pour passer un jour ou deux avec ses parents. Si c'est pas malheureux ! Les minots sont jeunes. *Té* ! Regarde, c'est sa voiture, là-bas, derrière le gros marronnier.

Mathilde réprima un sourire, l'allusion était trop évidente. Toutefois, elle s'avoua qu'elle reverrait avec plaisir ce compagnon de jeu, à peine plus âgé qu'elle et qu'elle avait perdu de vue depuis son départ au service militaire.

Cependant, avant toute chose, elle ressentait le besoin de se retrouver sur ce terrain perdu en hauteur où elle s'était déjà enracinée. Et puis, il y avait aussi ce secret qu'elle voulait partager avec le chef de chant. Communion d'un passé dont chacun détenait des pans différents et complémentaires.

En ce milieu d'automne, la nature se fardait de couleurs mordorées, d'ambre et de cramoisi, qui tranchaient avec le vert immuable des pins. Les fumées des cheminées rallumées avaient tissé comme des nappes de brouillard, qu'un soleil pâle ne réussissait pas à chasser et qui s'effilochaient de place en place sur la plaine. Du haut de son chemin, Mathilde avait retrouvé cette sensation d'immensité, libératrice, gonflée d'une espérance indicible. Le silence ne lui faisait plus peur. En fait, elle l'écoutait, y puisant maints bruissements réconfortants d'une vie insoupçonnée.

Quelques girolles se dressaient hors d'un talus moussu. Elle défit son foulard et y posa délicatement les champignons pour les rapporter à sa tante. Tant pis pour la soie ! Ils étaient autrement plus précieux. Elle se surprit devant cette considération qui ne l'aurait jamais effleurée il y avait encore si peu de temps.

Tandis qu'elle redescendait en direction de la bergerie, une sourde appréhension lui nouait l'estomac. Effectivement, le portail était clos et la voiture n'était pas garée dans la cour. Jusqu'au chat qui semblait absent.

Déçue, elle regagna sans hâte le village. Arrivée place Barboulin, elle jeta négligemment un œil vers la maison des Barjoux. Par l'une des fenêtres, elle aperçut sa tante qui semblait la guetter et qui se mit à gesticuler dès qu'elle la vit.

Henriette avait bien relevé l'ironie à peine masquée du sourire de sa nièce, quand elle franchit le seuil. Mais peu importe. L'essentiel était que les deux esseulés se rencontrent. Ils étaient encore bien jeunes, c'était contre nature que de rejeter une vie de couple, estimait-elle.

Dès qu'elle fut entrée, madame Barjoux appela son fils. On aurait pu croire que les deux voisines étaient de connivence. Henriette dissimulait son excitation derrière un large sourire. En son for intérieur, Mathilde admettait que, finalement, ces retrouvailles l'émouvaient plus qu'elle ne l'aurait pensé.

Gérard ne tarda pas à apparaître. Sa voix n'était plus tout à fait celle dont elle se souvenait. Son apparence, aussi, était bien différente. Le temps, inexorable, avait fait son œuvre. Ils avaient hésité à s'embrasser, mais ils s'étaient tutoyés d'emblée. Bientôt, la couleur de leur jeunesse, les rires partagés, remontèrent et dissipèrent la légère gêne des premiers instants. Sous le regard bon enfant des deux femmes, ils convinrent de passer la soirée ensemble.

Après le repas, ils s'étaient retrouvés, tout naturellement, comme s'ils s'étaient quittés aux dernières vacances. Mathilde observait Gérard: ses yeux avaient perdu l'éclat malicieux qui l'avait autrefois séduite, à cet âge tendre où aucun amour n'est impossible. D'un autre côté, qu'en était-il d'elle-même ? Qu'avait-il retrouvé des souvenirs qu'il avait pu conserver de l'enfant, puis de la jeune fille de l'époque ?

Le garçon de café commençait à nettoyer la salle. La soirée se terminait. Ils étaient ses deux derniers clients. Ils avaient longuement bavardé. De l'évocation de leurs souvenirs, ils en étaient rapidement arrivés à des propos plus intimes. Avec fierté, ils s'étaient montré des photos de leurs enfants réciproques. Si le ton de Mathilde était empreint de tendresse et de fierté quand elle lui présenta un cliché d'Aline, celui de Gérard s'emplissait d'orgueil devant le portrait de son fils adolescent et de sa fille, plus jeune.

En fait, c'était surtout Gérard qui parlait. Sa rupture datait de quelques mois, du début de l'été. Il s'épanchait avec ce besoin d'expliciter comme pour chercher lui-même à comprendre ou tout simplement à se convaincre qu'il n'était qu'une victime. Injustice et revanche se mêlaient à l'incompréhension, le lot commun de tous les abandonnés.

Mathilde s'interrogeait : de lui ou d'elle, lequel se révélait en fait le plus vulnérable ? A bien y réfléchir, la souffrance était la même, que l'on soit homme ou femme, et le besoin de se répandre restait identique. Aux femmes, les larmes ; à l'homme, la diatribe. Elle avait déjà franchi des étapes qu'il n'avait pas encore abordées. La faiblesse de ce compagnon d'infortune la rendait forte.

Finalement, elle préférait ne pas avoir à trop se livrer. Quand il lui posait des questions plus personnelles, il n'attendait pas la réponse et reprenait le fil de ses propres interrogations. De toute façon, que pouvait-elle lui confier, à cet être lui-même empêtré dans ses problèmes ?

Il lui avait conté sa vie au Kenya où, d'ailleurs, était née sa fille, le retour du couple et de ses enfants, en France, et leur difficulté à se réadapter après une vie dorée sur cette lointaine terre d'Afrique. Leurs souvenirs étaient marqués de couleurs et de senteurs indélébiles qu'il évoquait avec une nostalgie visible.

Tout compte fait, elle se retrouvait devant un homme meurtri par une expérience qui leur était commune. Malgré tout, le jeu de la séduction revenait et la connivence s'installait. Un instant, elle se demanda pourquoi elle avait si longtemps recherché le reflet de Pierre dans les hommes qu'elle avait pu croiser ? Le charme pouvait se dissimuler sous d'autres traits. Jusqu'à quel point l'apparence était-elle importante ? Elle se sentit soulagée d'en être dorénavant délivrée.

Une vague et insidieuse fébrilité, qu'elle ne cherchait même pas à maîtriser, s'était emparée d'elle. Un besoin semblable à celui qu'elle avait éprouvé lors de son épisode amoureux à Paris. Cependant, l'environnement n'avait plus rien d'anonyme, et dans ce cercle restreint, aux préjugés ancrés, il convenait de ne pas prêter le flanc aux commérages, de ne pas choquer. Toutefois, cette nouvelle rencontre rallumait cette flamme interne, trop longtemps étouffée. Or, jusqu'où pouvait-elle se permettre d'aller avec ce Gérard, enfant du village ? D'autant plus qu'elle doutait déjà d'une relation prolongée. En attendant, il comblait le vide présent. Avec tous ces chamboulements dans son existence, son corps reprenait enfin vie.

— Je ne t'ai pas entendue rentrer hier soir, avança sa tante, avec une fausse innocence, le lendemain matin, tandis que les deux femmes se retrouvaient devant leur petit-déjeuner.

Mathilde n'était pas dupe. La remarque n'était rien moins qu'une question déguisée. Après tout, il s'était passé si peu de choses qu'elle ne s'engageait guère à satisfaire à la curiosité d'Henriette.

— Cet après-midi, il a un rendez-vous à Aix. Par contre, ce soir, nous avons prévu de manger ensemble. Nous descendrons jusqu'à La Ciotat, lui précisa Mathilde qui s'empressa d'ajouter :

elle n'y était venue que par besoin. Cependant, rapidement, elle s'était prise au jeu de cette science qu'elle dispensait, de ce besoin que l'on avait d'elle, qui la valorisait et l'encourageait.

Au bout de quelques jours, son malaise avait disparu. Le froid s'était brutalement répandu sur la nature, recroquevillant les dernières feuilles roussies qui s'accrochaient désespérément aux vignes. Une froidure sèche et coupante comme une lame, sous un soleil trop haut dans le ciel. La neige s'imposait sur les sommets pyrénéens. Son père lui avait téléphoné pour la prévenir qu'il ne tarderait pas à rentrer.

En ce gris mercredi après-midi de novembre, Mathilde avait accepté d'accompagner dans sa promenade l'une de ses collègues de collège, devenue une amie. Elles avaient pris la route du Salagou, ce lac artificiel récemment érigé. Son eau reflétait le rouge des grès de ses rives d'une ruffe aride, piquetées de bouquets d'épineux, et se mêlait au bleu pâle du ciel, lui donnant cette palette indéfinissable et riche de couleurs contrastées.

— Ça nous fera du bien et ça permettra à Pastis de se dégourdir les pattes, lui avait affirmé son amie qui couvait son chien comme un enfant.

Lorsque, saoulée de grand air, les joues rougies par le froid mordant, elle avait regagné sa soupente, apaisée et détendue, elle se sentit presque heureuse, ne redoutant pas le silence, tendant vers un espoir indéfinissable qui semblait lui ouvrir grand ses ailes. La solitude l'apprivoisait petit à petit, se dissociant de cette perturbante notion d'abandon, l'estompant même.

Le téléphone interrompit sa rêverie.

— Tu n'as rien de prévu pour le week-end ?

Et, sans attendre la réponse, Gérard poursuivit :

— Tu m'acceptes ? J'arriverai vendredi soir, tard.

Surprise, elle bafouilla quelques mots. Bien sûr qu'il était le bienvenu ! Reprenant ses esprits, elle se montrait à présent volubile, excitée à la pensée qu'un homme puisse s'inviter dans son univers. Par contre, visiblement, il n'avait pas envie de s'étendre au téléphone et il abrégea la communication :

— Bon, tu me raconteras tout ça vendredi soir !

Après avoir raccroché, la fébrilité gagna Mathilde, comme une midinette attendant un bouleversement de ces brèves journées qu'ils passeraient à deux. Certes, elle l'aurait préféré plus enthousiaste, mais il présentait l'avantage essentiel d'être disponible et, tout comme elle, en quête de tendresse et de stabilité. « Tout le reste n'est qu'accessoire », essaya-t-elle de se persuader.

Les deux journées qui suivirent, elle les vécut dans l'impatience, un trouble qui dominait ses sens : frissons diffus, de plus en plus fréquents, qui la tiraient de la torpeur dans laquelle l'avait plongée sa séparation maritale. Il fallait que tout fût parfait, qu'elle donnât la meilleure image d'elle-même.

Il était arrivé fort tard, essoufflé par les étages qu'il avait grimpés pesamment. Sans brusquerie, après avoir posé son sac au pied de la commode, il prit Mathilde dans ses bras. Depuis le temps qu'elle attendait cet instant… Il n'y avait aucune fougue, comme s'ils s'étaient quittés la veille.

Le jour naissait à peine, timidement, frileusement. Mathilde observait le mobilier de sa chambre. Avec la lumière qui s'imposait petit à petit, les objets familiers retrouvaient leur apparence normale. Le sommeil l'avait fuie depuis un bon moment. La nuit lui avait laissé un goût amer d'insatisfaction. Elle réfléchissait tandis que Gérard dormait encore, loin d'imaginer les doutes qui envahissaient sa compagne. Avait-elle trop assimilé son besoin d'affection à son assouvissement sexuel ? Confusion des sentiments et des instincts. Certes, elle était déçue de leur relation physique, brève, voire même égoïste. Seulement, dans l'immédiat, elle avait le mérite d'exister.

Même si les rencontres s'avéraient difficiles, justifiaient-elles, pour autant, ces petits matins d'errance où ni le corps ni l'âme ne sont satisfaits ? « C'est encore un écorché vif. Il faut lui laisser le temps : sa séparation est récente », s'efforça-t-elle de se persuader. Mais change-t-on réellement ? Elle voulait y croire, c'était tellement plus facile que de douter et de s'interroger lucidement.

Quoi qu'il en soit, aussi insatisfaisant qu'il était, Gérard occupait, malgré tout, ses pensées. D'autre part, elle n'était pas prête à affronter une liaison sérieuse. Elle ne parvenait pas encore à chasser ce sentiment de défaite que représentait son divorce.

Le dimanche après-midi, il était reparti comme il était venu : comme un simple visiteur, un habitué des lieux. Il lui avait proposé de la retrouver à Saint-Maximin pour les fêtes de fin d'année, puisqu'il y conduirait ses enfants.

Noël… Son père s'était déjà organisé, sans tenir compte d'elle. Denise lui avait bien déclaré :

— Vous serez des nôtres pour Noël, j'espère ! Si vous voulez rester dormir à la maison, ne vous inquiétez pas, il y a de la place !

André et Denise s'affichaient désormais ensemble, sans ostentation ni provocation, simplement, laissant les choses se faire comme elles devaient se faire. Seule Mathilde supportait mal de voir l'infirmière occuper la place de sa mère.

— On ne peut rien oublier. Ni Denise ni moi. Et, si le passé façonne notre existence, il faut vivre pour le jour présent et celui qui vient. La vie est si brève… avait argué son père, avec des relents d'excuses. L'âge véritable, celui qui compte, ce n'est pas seulement le nombre des années que nous avons vécues, c'est aussi le nombre des années qu'il nous reste à vivre, surtout lorsqu'elles nous sont dorénavant comptées parcimonieusement, avait-il ajouté.

Mathilde connaissait parfaitement le corrosif de l'isolement, de ce vide, mais, ce qu'elle acceptait pour elle, elle avait du mal à l'admettre pour son père et soulevait des objections. Ce fut donc sans remords qu'elle envisagea de passer les fêtes prochaines à Saint-Maximin, auprès de sa tante qui, justement, se trouverait seule puisque sa fille avait suivi outre-mer son époux muté sur cette lointaine île de la Réunion.

Les magasins se paraient de mille couleurs. Les guirlandes lumineuses égayaient les artères principales de Clermont. L'effervescence gagnait la rue Nationale, et le mercredi, alors que pointait à peine le jour, le marché se répandait jusqu'en haut de la place de la cathédrale Saint-Paul. Les étals de coquillages, de confits et de foie gras suppléaient aux fruits colorés de l'été.

Le cœur léger, Mathilde entassa dans le coffre de sa petite 2 CV des vêtements chauds et une bourriche d'huîtres livrées directement des parcs de l'étang de Thau. Partout, le pays grelottait, mais dans ces contrées méditerranéennes, proches de la mer, le froid se montrait plus clément. Le temps était clair, d'une luminosité blanchâtre qui faisait cligner les paupières. Désormais, le trajet lui était devenu familier, semblant s'être considérablement raccourci depuis les toutes premières fois où elle l'avait effectué.

Ces fêtes s'annonçaient sous des augures favorables alors qu'elle les avait redoutées. Pourtant, elle s'interrogeait sur ces retrouvailles avec Gérard, bien qu'une certaine impatience l'habitât. Ne se fourvoyait-elle pas et ne souhaitait-elle pas davantage retrouver Serge et son chat Liszt dans leur monde discret, presque dissimulé ?

Les deux hommes cachaient chacun frileusement leur jardin secret. Toutefois, elle devait reconnaître qu'elle préférait celui du maître de chant, certainement plus riche. Ses relations avec chacun d'eux s'avéraient incomplètes.

Comme toujours, elle poussa avec entrain et plaisir la porte de la maison de la place Barboulin, lourde d'un vécu préservé. Mathilde s'y sentait à sa place. Dans ce décor rassurant, elle retrouvait ses racines juvéniles.

— Je suis bien contente que tu sois venue. Je n'aime pas beaucoup ces fêtes. C'est fait pour les petits et surtout pas pour les vieux comme moi qui nous retrouvons seuls, lui avoua sa tante, en souriant.

Mathilde protesta pour la forme et ne put s'empêcher de rajouter, en esquissant une grimace, que l'âge ne faisait rien à la solitude.

— En tout cas, je ne veux pas manquer la messe de minuit. Je ne me souviens pas de son nom, mais on va avoir un musicien de Paris pour jouer de l'orgue, lui précisa fièrement sa tante.

L'argument était de valeur. Mathilde avait toujours été impressionnée par la beauté de cet orgue, le plus grand de l'école provençale. Un concert pour la Nativité : un beau spectacle à ne pas manquer. Il transportait ses auditeurs fascinés dans un monde irréel, fantasmagorique, hors du temps, leur offrant paix, amitié et oubli.

Son premier réflexe avait été de vérifier la présence de la voiture de Gérard, sur la place. Elle ne s'y trouvait pas. Il avait largement le temps d'arriver… Son trajet était autrement plus long que le sien.

Comme à chacun de ses retours, sa tante se montrait loquace. Le rituel se répétait inlassablement : après les questions usuelles arrivaient les potins, tandis qu'Henriette se penchait sur sa cuisine.

— Je t'ai préparé un gratin d'herbettes, comme tu les aimes. Au fait, tu ne m'as pas dit, tu en sais un peu plus sur ton héritage ?

Mathilde ne se fit pas prier. La vérité lui avait apporté l'apaisement et elle savait parfaitement jusqu'où elle conduirait son récit. Elle évoqua donc cette tutelle que son père avait obtenue à la suite de la maltraitance dont était victime Ginette, son accueil au sein de leur foyer, ce prénom d'Angèle… Les détails affluaient : sa passion pour le chant, la qualité de sa voix et les études que les Bolant lui avaient payées, pour justifier son départ de la famille. Bien entendu, elle tut l'histoire de sa naissance. Sa tante aurait-elle compris l'acte de ses parents, admis tous ces mensonges dont ils s'étaient entourés ? Elle était sous le charme d'un récit qu'il ne fallait pas entacher.

Henriette était profondément émue, ses yeux brillaient de larmes contenues. Elle avait délaissé ses casseroles. L'histoire que lui contait sa nièce valait bien le meilleur des romans. Rien n'y manquait et, en point d'orgue, cette reconnaissance au travers de l'héritage qu'elle avait légué à Mathilde. La gorge nouée, elle répétait des « je comprends mieux, maintenant… » qu'elle laissait en suspens. Elle était d'autant plus sensibilisée que les personnages lui étaient connus et chers.

Puis, lorsque le silence s'installa à nouveau, Henriette, rêveuse, reprit :

— Je comprends maintenant ce nom de scène : Angie pour Angèle et Simon pour Simone, comme ta maman. C'est beau !

Elles en avaient oublié le temps. Il leur fallut quelques longues minutes avant que tout ne reprenne sa place. Mathilde se sentait bien dans un monde où elle se laissait porter. Une paix au quotidien régnait : des effluves qui ouvraient l'appétit, une table colorée, le demi- « pain de restaurant », parce qu'il « se garde mieux », comme avait coutume de l'affirmer sa tante avec ses principes campagnards et son accent chantant. Un présent éternel. « Je ne retomberai jamais en enfance, j'y suis toujours resté », avait déclaré un jour Tristan Bernard. C'était si simple…

— Té ! Tu risques de ne pas le voir, ton ami d'enfance.

Mathilde sursauta. Elle feignit l'ignorance.

— Tu parles de qui ?

— Eh bé ! Gérard, le fils Barjoux ! Figure-toi qu'il a fini par se réconcilier avec sa femme. Tant mieux ! Surtout que, le petit, il tournait au marquemal. Y a pas à dire, les divorces, ça perturbe les enfants.

Lisant le mécontentement sur le visage de sa nièce, Henriette prit subitement conscience de sa maladresse et chercha aussitôt à se reprendre, persuadée que ses paroles venaient de la contrarier, voire peut-être même de la chagriner. Mathilde se garda bien de lui avouer que les raisons de sa gêne n'avaient rien à voir avec une quelconque déception et que cela s'apparentait plutôt à une blessure d'amour-propre. « Il ne m'a même pas prévenue et m'a laissée venir jusqu'ici », pensa-t-elle, amère. La vexation l'emportait sur l'éventuelle peine : lui aussi l'avait lâchée pour une autre… Le premier mouvement de colère passé, même si l'affront n'était pas avalé, elle ne put s'empêcher de se sentir soulagée. Finalement, c'était mieux ainsi. Elle ne voyait guère d'issue à cette relation et balançait dans une indécision malsaine. Elle n'avait pas eu à choisir, on l'avait fait pour elle.

Le déjeuner lui parut s'éterniser. Elle avait besoin de bouger : ne pas rester bloquée derrière une table, ne pas se forcer à donner le change. Quand enfin elle put s'échapper, elle prit directement le chemin du jas. Il fallait qu'il soit là : elle ressentait le besoin de se plonger dans ce monde d'Angie, ce personnage à la fois réel et mythique qui lui avait ouvert la porte sur le rêve. À présent, elle connaissait Angèle ; il lui apprendrait Angie.

Serge s'affairait à remplir le coffre de sa Renault. Il sursauta quand il aperçut Mathilde. Sans se détourner de ses activités, il lui lança, sans sourire, un « C'est vrai, ce sont les vacances scolaires ! » laconique, mais dépourvu d'animosité. Elle s'y était pourtant préparée, mais elle aurait aimé au moins un tout petit signe de connivence, de reconnaissance. Elle balbutia un « Vous partez ? » tout aussi banal que sa réception.

— Tiens ! Si vous n'êtes pas pressée, vous devriez m'accompagner. J'ai l'impression que vous avez encore des questions à me poser. Mais je vous préviens, on va rentrer tard. On en a pour tout l'après-midi. Il faut une bonne heure pour descendre à Hyères.

Mathilde, désarçonnée par sa proposition, se retint de lui répliquer qu'en fait c'était elle qui avait des révélations à lui faire. Elle opina de la tête et se proposa de l'aider à charger dans la voiture les nombreux paquets enveloppés de papier brillant, aux couleurs pimpantes, enrubannés de bolduc coloré, visiblement des cadeaux. Elle l'imaginait pourtant mal jouant les « pères Noël ».

La voiture filait sur la route de Brignoles, s'enfonçant dans la plaine étroite, entre les collines des Brasques et les hauteurs boisées de Banari, dominées par le massif de la Loube. La nature paraissait figée sous un ciel timide et cotonneux de fin décembre.

Le silence les réunissait. Chacun attendait que l'autre le rompît. Serge esquissait un très léger sourire, comme s'il venait de lui jouer un bon tour. Mathilde était à peu près certaine que leur destination était ce centre de rééducation fonctionnelle où, disait-on en ville, il rendait des visites régulières. Bien que mourant d'envie de l'interroger, elle cherchait comment amener ses propres révélations.

— Avec votre métier, je suppose que vous savez vous comporter avec les enfants. Je pense que vous ne serez pas de trop : aujourd'hui est un jour un peu spécial. Pour ces enfants, que certains considèrent comme « différents » parce qu'ils vivent un handicap, la fête reste la même. Au contraire, lorsqu'on peut leur apporter un peu plus, il faut le faire, d'autant plus qu'ils ont tant à donner !

Mathilde l'interrogea sur ces jeunes malades. Il répondait sobrement, avec parfois des échos de tendresse et d'admiration qu'elle ne lui avait encore jamais connus. Presque à mi-voix, comme s'il ne voulait pas que Mathilde entende un aveu qui lui coûtait, il rajouta :

— Tout cela, on ne le découvre, malheureusement, bien souvent que lorsque l'on est soi-même confronté à une épreuve imprévue.

Malgré le ronronnement du moteur, Mathilde avait bien perçu sa remarque, de même que les derniers mots qu'il avait presque soupirés et qui évoquaient cette « paralysie de l'âme qu'était l'indifférence ».

Le silence se réinstalla, léger et confiant. Elle se mit à son tour à parler. Une simple phrase, toute courte, mais si lourde !

— Je sais à présent ce qui me lie à Angie.

Elle s'interrompit. Ce n'était pas parce qu'elle voulait mettre à l'épreuve sa curiosité, mais tout simplement parce que les mots la brûlaient. Son souffle était court et sa gorge nouée, comme chez un sportif après l'effort. Pourtant, elle ne pouvait se confier pleinement qu'à lui. Chacun des deux détenait une partie de l'histoire d'Angie. Ensemble, ils referaient vivre, à part entière, ce personnage à la destinée hors du commun.

Elle se redressa et, inspirant fortement, elle lâcha enfin :

— Angie était ma mère !

Elle vit la surprise frapper le conducteur. Il s'attendait bien à une quelconque parenté, mais pas à un lien aussi charnel.

— Comment ça ? Je ne connais pas votre âge. Mais, excusez-moi, vous ne devez guère être plus jeune qu'elle.

Mathilde encaissa et ne chercha pas à relever. Elle le connaissait depuis peu, mais elle le savait abrupt, sans concession ni condescendance, presque à la limite de l'incorrection dans sa spontanéité.

— Elle n'avait pas encore quatorze ans quand je suis née.

— C'est bien jeune…

Mathilde, soulagée de son aveu, ne parvenait cependant pas à poursuivre. S'il l'interrogeait, elle lui répondrait. Or, de nouveau, il paraissait figé dans l'océan de ses pensées.

Il s'écoula quelques longues minutes vides avant qu'il ne se mette enfin à parler. À la grande surprise de Mathilde, il n'évoqua pas Angie, mais ces enfants qu'ils allaient visiter. Il les détailla l'un après l'autre. Jamais elle ne l'aurait imaginé aussi volubile. En fait, il ne voulait pas lui laisser deviner l'émotion suscitée par sa révélation. Voilà que les brandons qu'ils croyaient éteints se ranimaient soudain. Tout remontait, l'agressait, l'emplissait. Il avait oublié cet éternel recommencement qu'était la vie. Il finit par interrompre son monologue. Après un court mutisme, il reprit :

— Voilà donc d'où vient cette ressemblance… Tu ne l'as donc jamais connue ?

Il avait tutoyé instinctivement Mathilde, comme on le fait pour une petite fille.

— Nous possédons chacun une part de la vie d'Angie. J'ai besoin de la matérialiser, de la connaître, au moins un peu, au travers de ce que vous avez vécu auprès d'elle, de savoir si j'ai réellement existé pour elle. C'est vous qui m'avez dit qu'il fallait faire la paix avec son passé pour ne pas compliquer son présent. Vous êtes le seul à pouvoir m'aider.

— Aïe ! Vouvoiement discriminatoire de l'âge ! Puisque, comme tu le dis, nous avons quelqu'un en commun, tu pourrais l'oublier. D'autant plus que je ne suis guère plus âgé que ne l'était Angie.

La colline du Castéou, sur laquelle s'agrippaient les anciennes demeures bourgeoises des Hyérois, barrait au nord la plaine où se nichait la population active de la ville qui s'étalait jusqu'à la mer. Le vent faible secouait à peine les couronnes feuillues de ces hauts palmiers, symboles de l'arbre de vie. Serge enfila, sans hésitation, l'entrelacs des rues actives et décorées de la cité moderne. Bientôt, il franchit une grande grille impersonnelle et gara la voiture sur le côté d'un bâtiment blanc, aux formes épurées, dont la façade, creusée d'une niche haute, abritait une sobre Vierge de granit.

Dès que les enfants les virent, ils les accueillirent avec des éclats de joie. Le regard rieur et pétillant se substituait à la parole chez ceux pour lesquels elle était difficile. Leur vue fut un choc pour Mathilde. Bien sûr, elle n'ignorait rien de ces souffrances. Toutefois, elle ne s'était jamais trouvée au milieu d'un groupe d'une dizaine de jeunes handicapés. Elle se ressaisit rapidement, les gestes lui vinrent naturellement. Elle les aida à déballer leurs cadeaux : principalement des livres, des albums, accompagnés de friandises. Les emballages chatoyants, les bolducs frisés, la découverte d'un présent choisi en fonction de leurs goûts représentaient autant de moments forts, de sentiments intenses et riches, inoubliables…

Le jour déclinait déjà lorsqu'ils prirent le chemin du retour. Une pénombre, qui préservait l'aura de bonheur, les entourait. Mathilde réfléchissait.

— Je ne devrais pas le penser, c'est immoral. Mais finalement le malheur des autres nous rassure.

— C'est plutôt qu'il nous permet de ramener les choses à leur vraie valeur.

Alors, Serge poursuivit en évoquant ses toutes premières visites. Au début, il se montrait assez maladroit avec l'un d'entre eux, lourdement paralysé à la suite d'un accident de la circulation, et qui affirmait une volonté sans faille depuis des mois.

— Je ne savais pas bien quelle attitude adopter. J'étais sérieux tandis qu'il souriait. Alors, doucement, comme on susurre un secret, il m'a déclaré : « Tu sais, il faut s'inventer son bonheur avec ce que nous donne la vie ! »

Tout le long du trajet, ils parlèrent peu. Fatigue, émotion ou tout simplement pudeur ? Quand ils parvinrent au Recours, le soleil s'était couché par-delà la colline. Les nuages s'effilochaient, teintés de rose, dans un ciel clair qui se fonçait doucement. Le froid cinglait les joues, rafraîchi par un vent soufflant du nord.

Ce soir-là, douillettement calée au fond de son lit, Mathilde n'arrivait pas à trouver le sommeil. Les différentes étapes de sa journée s'imposaient à elle, en vagues successives. Son aveu avait entraîné une seule question de Serge :

— Et ton père ?

En fait, ce géniteur ne faisait pas partie de l'histoire. André restait indélébilement son père. Autant elle se sentait concernée par ces deux femmes qui jouaient, de manière différente, leur rôle maternel, autant cet homme, qui ne soupçonnait même pas son existence, ne l'intéressait pas. « Je suis une femme et, de toute façon, je ne saurais pas me glisser dans la peau d'un homme », se dit-elle, en l'écartant définitivement.

Ses pensées se portèrent sur Serge, ce personnage qu'elle cernait difficilement, mais qui, dorénavant, faisait, lui aussi, partie de son histoire. Elle ressentit un léger pincement au cœur, se rappelant sa réponse lorsqu'elle lui avait dit son étonnement devant le choix précis des ouvrages offerts aux jeunes qu'ils venaient de visiter.

— J'ai une amie qui gère une librairie, dans le Quartier latin. Nous nous voyons régulièrement quand je monte à Paris. Elle connaît parfaitement son métier.

À le voir jouer les solitaires, tantôt rustre, tantôt plus attentif, elle en avait oublié qu'il pouvait avoir une vie sociale. Il n'avait rien d'un ermite. Et, s'il ne faisait que préserver une intimité, il n'en restait pas moins homme. Une vie sociale que, pour elle-même, elle ne parvenait pas encore à tisser, estimait-elle.

La journée avait été consacrée à la préparation de la fête de la Nativité. La ville, dans une effervescence exceptionnelle, trépidait. Musiciens et comédiens villageois répétaient avec ferveur cette pastorale qu'à la tombée de la nuit ils offriraient aux habitants de Saint-Maximin.

Le folklore s'associait à la foi, soulignant sa solennité par des traditions préservées et amplifiées tout au long des siècles. Henriette s'affairait et donnait des directives à sa nièce. Elle avait invité sa cousine de Tourves et son mari. À quatre, la soirée prendrait des airs de fête familiale.

Mathilde se laissait gagner par la fièvre des préparatifs. Il fallait que la table, dressée au salon, soit parfaite pour ce repas de réveillon. Au centre de la nappe d'un damas immaculé trônait le blé de la Sainte-Barbe. Du four s'échappait l'odeur anisée de l'incontournable pompe à l'huile, cette brioche plate qui viendrait compléter les treize desserts.

Les deux femmes affairées n'avaient pas vu passer la matinée. Après un déjeuner léger, Henriette s'était octroyé une petite sieste réparatrice. Mathilde en avait profité pour s'échapper vers sa terre. Le temps restait clair malgré un froid qui avait des relents d'humidité. En cette fin décembre, le jour tombait tôt. Les lointains sommets enneigés rosissaient des derniers rayons d'un soleil qui venait de se perdre derrière l'horizon. Bientôt, ils s'estomperaient pour ne plus laisser que se profiler les sommets ondulants des massifs qui barraient l'horizon. Des images plein les yeux, elle ne s'attarda pas.

Elle ressentit l'envie de passer au jas. Cependant, ils n'en étaient pas arrivés à une relation suffisamment conviviale pour justifier d'une brève visite, même de courtoisie. De toute façon, elle attendait trop de lui, de ce qu'il avait à lui conter, à lui apprendre de la vie d'Angie : elle avait besoin de moments où le temps ne leur serait pas compté.

La soirée fut conforme aux espoirs des deux femmes : un souper de réveillon digne des traditions provençales, avec loquacité et bonne humeur au rendez-vous et avec, comme il se devait, en bout de table, l'assiette pour le « pauvre » s'il venait à toquer à la porte.

La basilique avait ouvert grand son double vantail, accueillant ses pèlerins de Noël en quête d'un moment d'éternité, en cette nuit des sourires, d'amitié, d'une naissance bénie, porteuse d'espérance. Le Magnificat s'éleva tandis que le cortège des fidèles s'avançait et prenait place dans la vaste nef. Ces moments hors du temps s'imposaient : pieuses paroles, chants jubilatoires, musique semblant venir tout droit de l'au-delà.

Mathilde aurait voulu retenir ces instants de plénitude, ceux d'un bonheur que les générations avaient su faire perdurer et qu'à son tour elle se devait de préserver. Lorsque la soirée fut terminée et que le calme régna à nouveau dans la profondeur de la nuit, elle ne put s'empêcher de penser, alors que le sommeil la gagnait : « Je ne me suis jamais sentie aussi bien depuis… » Dans un sursaut, elle se reprit et termina péremptoirement sa phrase en supprimant le « depuis » restrictif.

Le lendemain, le ciel était triste. Le vent humide et collant apportait un froid rude. Les hauteurs du massif de la Sainte-Baume, assombries par les arbres dénudés, portaient çà et là les taches blanches d'une neige rare. L'hiver s'annonçait avec rigueur.

— Ce serait peut-être plus prudent que tu retournes à Clermont, déclara Henriette. J'ai bien peur que la neige n'arrive d'ici peu et Dieu seul sait pour combien de temps ! Je préférerais ne pas te savoir sur les routes.

Mathilde n'avait guère envie de partir, mais elle admettait que cette neige de Noël n'était guère un bon présage, ainsi que les anciens avaient coutume de le clamer. À la télévision, le service météorologique prévoyait un froid intense et des dérèglements climatiques d'importance pour les jours à venir.

Hormis le fait de pouvoir revoir son père, elle ne se sentait plus guère d'attache dans l'Hérault, depuis la disparition de sa mère. Chaque fois qu'elle retournait dans la maison familiale, elle s'attendait à la voir pousser la porte, lui adresser un sourire, murmurer son prénom. Mathilde était perdue, face à un vide incommensurable, dans cette demeure où pesait partout l'absence de Simone.

Alors, après tout, s'installer à Saint-Maximin devenait tout à fait envisageable. Déjà, dans son esprit, sa maison agriffée à la colline prenait vie. Dès qu'elle le pourrait, elle irait récupérer dans le coffre de la rue Murillo, les plans qui la guideraient dans la future construction. Maintenant que ses projets prenaient une tournure plus concrète, elle aurait aimé se retrouver à Paris et ne revenir qu'à la fin des vacances. Les météorologues étaient pessimistes et il valait certainement mieux se conformer à leurs prévisions.

Lorsqu'elle parvint au jas, Serge avait allumé un feu qui crépitait dans l'âtre, exhalant des parfums sylvestres, un peu âcres. Il était plongé dans une lecture qui retenait tant son attention que c'est tout juste s'il l'entendit frapper au carreau. Liszt, lové au fond de son fauteuil habituel, avait à peine remué une oreille. Une douce paix émanait de ce foyer où elle n'était qu'une visiteuse reconnue et admise. Elle se rendit compte que, dorénavant, elle n'y était plus une intruse.

Elle l'interrogea sur Angie, lui demanda de lui ouvrir l'un de ses albums où elle était en photo. Maugréant, il finit par accepter et s'étonna de constater qu'il parvenait à maîtriser sa colère et sa douleur tandis qu'il regardait sa Giuglietta sur des clichés témoins de leur vie de passion.

— Je rentre demain. Avec ce que l'on annonce à la météo, c'est plus prudent.

Un court silence s'installa et Serge reprit :

— Tu reviens aux prochaines vacances ?

— Non, je pense que j'irai à Paris, rue Murillo.

— Et ta terre là-haut ?

— À Pâques, je chercherai une entreprise qui se chargera de la construction. Finalement, je crois que je vais venir m'installer à Saint-Maximin. J'y ai bien réfléchi ; je vais essayer de trouver un poste ici, pour la prochaine rentrée scolaire.

— Oui, c'est bien... répondit-il trop laconiquement au goût de Mathilde qui espérait un semblant d'enthousiasme.

Plus elle le retrouvait, plus il s'imposait dans sa vie, tandis que, de son côté, il semblait tenir tout particulièrement à son confinement. Elle aurait aimé qu'il porte sur elle un regard d'homme et non pas qu'il ne voie en elle que la fille d'Angie.

Seul le bruit du bois, qui éclatait sous les flammes, troublait le calme engourdissant de la pièce. Le temps semblait s'être arrêté sur cet îlot protégé d'une nature qui s'annonçait inhospitalière.

— Et, en dehors de ton travail, que fais-tu ?

La question la désarçonna. Elle était arrivée, brutale, précise, évaluative. Tel un couperet, même s'il n'y avait aucune agressivité dans la voix de Serge. Pendant quelques secondes, elle se dit que, peu de mois auparavant, elle lui aurait probablement répondu : « Je survis. » Mais tant de choses étaient survenues depuis !

Elle voulait se montrer à la hauteur de cet homme qui s'oubliait dans sa passion musicale. Elle ne devait pas le décevoir par une platitude consternante. Comment évoquer ces mille et une petites choses qui occupent le quotidien, mais qui n'emplissent pas la vie ? Il lui fallait trouver quelque chose de plus gratifiant.

Son regard s'arrêta sur le livre qu'il avait quitté à son arrivée. Alors, sans hésiter davantage, elle lui déclara :

— J'écris !

Comme toujours, il marquait ses réponses par un silence de réflexion.

— Intéressant ! Quand tu seras là-haut, chez toi, tu auras le ciel et la course des nuages, tu pourras y puiser ton inspiration. Tu y trouveras cette solitude créatrice qui offre à tout artiste sa liberté d'esprit.

Il ne l'interrogea pas sur ses écrits. Elle redouta qu'il n'ait compris qu'elle n'avait cherché qu'une réponse valorisante à ses yeux. Malgré tout, elle voulut penser qu'il la croyait et elle lui sut gré de ne pas chercher à en savoir davantage.

À présent, elle ne redoutait plus ces moments où, la nuit tombée, la vie se figeait. Ce soir-là, elle s'interrogea sur cette réaction instinctive. Au fur et à mesure de sa réflexion, son mensonge prenait des allures de vérité. Après tout, elle possédait à présent une belle histoire à conter et, quant à l'écriture, elle s'appliquerait à la peaufiner. Encore un projet qui se présentait à elle.

Il lui revint en mémoire une anecdote qu'avait contée, autrefois, l'un de ses invités qui se targuait de belles lettres. Elle avait oublié le nom de cette femme dépressive qu'il avait évoquée et qui avait dû affronter des problèmes conjugaux semblables aux siens. Par contre, elle se souvenait de son histoire. Sans soucis financiers, celle-ci consultait régulièrement un psychiatre entre les mains duquel elle se remettait entièrement. Pourtant, l'homme de science ne parvenait pas à la détourner de ses idées morbides. Il lui tint, vainement, différents discours pendant des mois. Un soir où elle l'avait appelé au téléphone pour lui déclarer qu'elle allait se suicider dès qu'elle aurait raccroché, il lui proposa :

— Puisque je ne peux plus rien pour vous, j'ai besoin de comprendre. Aussi, je vous demande de prendre une feuille de papier et d'y coucher les raisons qui vous poussent à ce geste. Demain matin, vous viendrez me voir avec et nous en reparlerons. Ensuite, vous ferez ce que vous jugez bon.

La patiente s'exécuta. Au petit matin, tous ses griefs s'étaient transformés en histoire, la sienne, écrite d'une plume qui devenait plus légère et consciente au fil des pages qu'elle avait remplies durant la nuit. Ce fut son premier livre, il lui ouvrait la porte d'une carrière où l'imaginaire et l'observation se mêlaient au vécu.

Mathilde sourit. « Moi aussi, j'ai de quoi écrire », murmura-t-elle pour elle-même. Déjà les idées se bousculaient dans sa tête, elle n'aurait qu'à trier. Elle s'amusa à chercher un titre et s'arrêta presque instinctivement sur *Journal d'une femme seule*.

Effectivement, dans la nuit de la Saint-Sylvestre, l'offensive hivernale avait été singulièrement rude. Partout en Europe comme dans une grande partie de la France, la vague de froid atteignait des records alarmants. Paris, où le thermomètre descendait dans la journée jusqu'à — 10 °C, s'était transformé en une vaste patinoire. Toutefois, au sud, la température restait plus clémente. Par contre, de très fortes tempêtes, accompagnées d'un vent exceptionnellement violent, ralentissaient considérablement toute activité.

Malgré tous ses projets, Mathilde se sentait isolée au milieu d'un monde en tourmente. Elle ressentait le besoin d'une complicité et s'en ouvrit à cette amie et collègue qu'elle accompagnait parfois lorsqu'elle menait promener son chien Pastis.

— Pourquoi n'adopterais-tu pas un chien ?

Mathilde n'avait jamais partagé sa vie avec un animal de compagnie. Elle refusait les contraintes d'un chien vivant en reclus dans un appartement, sans compter le chamboulement et les dégâts que sa présence ne manquerait pas d'entraîner dans un espace aussi restreint.

— Tu n'as qu'à prendre un chat !

Liszt s'imposa aussitôt à elle, lui tirant un léger sourire.

— Un animal, ce n'est pas fait pour rester enfermé !

— Parce que tu crois que, parmi ces matous qui se réfugient dans le lit du Rhônel quand il est à sec, risquant ainsi leur peau dès la moindre montée des eaux, il n'y en aurait pas un qui serait heureux de vivre bourgeoisement ?

En effet, ce Rhônel, rivière aux crues rares, mais impressionnantes, qui pendant des siècles avait été un auxiliaire précieux pour les industries clermontaises, avait été cimenté sur toute la longueur de son lit qui traversait la ville. À sec pendant de longs mois, il était devenu le refuge des chats en mal de famille, qui s'y cachaient aisément et s'y reproduisaient. Il existait bien à Clermont une association qui s'efforçait de les récupérer afin de les caser. Toutefois, les prétendants à l'adoption restaient difficiles à trouver.

— Et puis après, quand je pars, qu'est-ce que j'en fais ?

— Je viendrai m'en occuper. Sans compter qu'un chat tu peux le faire voyager dans une panière adaptée.

Mathilde était tentée, certes, mais n'arrivait cependant pas à franchir le pas et à accepter de partager son logement avec un quelconque animal. Elle opposait toujours un argument à ceux de son amie qui finit par baisser les bras.

— Tu ne sais pas ce que tu veux, en fait.

La classe terminée, elles étaient quelques collègues esseulées à prolonger leur journée par des discussions acharnées et indignées sur les différents événements qui secouaient le monde et la société. Et bien souvent, lorsque Mathilde regagnait enfin son domicile, elle avait l'impression d'avoir vécu des heures intenses. Bientôt, le calme s'installait à nouveau et le vide revenait insidieusement.

Malgré un certain enthousiasme, elle repoussait le moment où elle en viendrait à l'écriture. Il se passa quelques jours avant qu'elle ne se décidât à se retrouver devant une feuille blanche. Soudain, elle prit conscience de l'ampleur de sa forfanterie. Il lui fallut du temps avant de s'immobiliser derrière sa table.

— Dans quelle galère me suis-je fourvoyée ? pensa-t-elle à voix haute comme pour mieux se persuader de la situation ou pour se réprimander plus sévèrement.

L'immaculé de la page lui faisait peur. Pourtant, elle ne pouvait pas se dérober. Viendrait immanquablement le jour où Serge l'interrogerait sur ses écrits. Alors, crispant ses doigts sur le stylo, avec fébrilité, elle coucha ses premiers mots sur le papier. Une phrase en entraînant une autre, elle ne se rendit pas compte du temps qui s'envolait. Ratures, reprises : les feuilles se noircissaient tandis qu'elle se laissait enfin prendre au jeu.

Petit à petit, elle apprivoisait sa solitude, la transformant en isolement qui, dans l'immédiat, lui apprenait à vivre avec elle-même et à s'accepter, même si le besoin de l'autre restait présent. Aussi et surtout, elle lui permettait d'avancer dans son inspiration, dans sa création littéraire, au fil de son imagination.

Son père et Denise ne se quittaient plus, vivant tantôt chez l'un, tantôt chez l'autre. Denise essayait de faire comprendre à Mathilde que, dans leur nouveau couple, elle réservait autant de place pour elle que pour ses propres enfants. Malgré tout, Mathilde continuait à se montrer réticente, même si la remarque de sa tante, lui assurant que cette situation était une bonne solution pour tout le monde, lui revenait en mémoire. En tout cas, elle appréciait de constater que la photo de mariage de ses parents, ainsi que d'autres clichés de sa mère, conservaient leur place sur la petite table ronde du salon.

Par contre, elle s'étonnait de certains changements chez son père. Il devenait moins intransigeant et acceptait plus facilement de simples directives auxquelles il n'aurait jamais souscrit autrefois. Jusqu'à la présence d'une vieille chatte, aux flancs déformés par de trop nombreuses maternités, qui avait droit de cité dans la maison. Ce qui parut impensable à Mathilde.

— Elle est vieille. Elle traînait dans le quartier. Alors, avec le froid, on l'a fait rentrer. Elle a élu domicile dans le grenier et on lui ouvre quand elle demande à sortir. C'est une bête pas encombrante, avait expliqué Denise.

— Nous l'avons appelée Arlequine, avec ses différentes couleurs… avait ajouté son compagnon.

Il y avait presque de la tendresse dans la voix du vieil homme qui se pencha pour la gratifier d'une caresse, tandis qu'elle se frottait au bas de son pantalon. Finalement, malgré son étonnement, Mathilde appréciait de voir ainsi son père se débarrasser petit à petit du carcan de tous ces principes qu'il s'était imposés, pour en arriver à une tolérance presque bon enfant. Cette ouverture était-elle due à la vieillesse, ou au fait d'avoir appris à prendre du recul lorsque l'on perdait son conjoint aimé, ou tout simplement à la présence de Denise ?

Une fois encore, Mathilde envisageait de faire une entorse à ses principes rigides. Elle avait longtemps hésité, mais avait fini par céder à la tentation et n'en ressentait finalement aucune culpabilité. Dans le courrier que lui faisait suivre la concierge de la rue Murillo, elle avait trouvé une invitation, très sélective, de la part de la maison de disques avec laquelle Angie travaillait à l'époque.

Après une semaine de vacances, les cours devaient reprendre le jeudi 22 février. Or le samedi soir suivant serait créée, à l'Opéra de Paris, la version intégrale de *Lulu*, l'œuvre forte qu'Alban Berg avait laissée inachevée. Friedrich Cerha venait de terminer le troisième acte. Ce sujet sulfureux serait magistralement dirigé par la baguette du grand chef d'orchestre Pierre Boulez, qui conduisait les plus prestigieux orchestres du monde. Le rôle de l'héroïne était tenu par Teresa Stratas, l'une des meilleures cantatrices du siècle, dont les interprétations devenaient légendaires. On s'apprêtait à vivre un grand événement parisien, incontournable pour les mélomanes avertis, qui méritait les fastes incomparables du Palais Garnier ! Elle avait donc demandé deux jours supplémentaires de congés : d'importants rendez-vous qu'elle ne pouvait reporter l'attendaient dans la capitale.

Aussi, ce fut le cœur léger et vibrant que, dès la porte du collège refermée pour les vacances, elle prit la direction de la gare de Montpellier. Le trajet en train lui parut long. La nuit lui dissimulait la campagne tandis que les entrées en gare, les annonces des haut-parleurs, le bruit des voyageurs encombrés de bagages, les lumières blanchâtres qui s'infiltraient sous le rideau baissé, constituaient autant de perturbations qui la tiraient de son endormissement. Elle regretta que, par un réflexe d'économie, elle n'ait pas opté pour un voyage en avion. Finalement, elle s'écroula sans s'en rendre compte, plongeant dans un profond sommeil d'oubli.

Lorsqu'elle pénétra dans son appartement parisien, elle eut de nouveau cette sensation d'être une intruse. Elle s'y était préparée et avait apporté, dans sa valise, divers objets ainsi que des photos qui lui permettraient de personnaliser ce lieu qu'Angie avait décoré selon ses goûts.

La semaine passa rapidement entre quelques emplettes, des flâneries et l'écriture dont elle se passait, à présent, difficilement. Elle en profita pour inspecter le carnet d'adresses d'Angie, trier la garde-robe et sélectionner les vêtements qu'elle entendait garder pour les porter à l'occasion. Elle plia délicatement le reste pour l'entreposer au fond de la large penderie qui occupait tout un pan de mur. L'odeur sucrée du parfum de la cantatrice emplissait la pièce, tel un fantôme bienveillant qui se refuse à disparaître.

Elle étudia les plans établis par un architecte varois pour la maison du Recours. Ils ne présentaient rien d'extravagant : une construction des plus classiques avec comme luxe celui d'épouser la colline rugueuse et de s'ouvrir, de tous côtés, sur le spectacle de la nature. Le montant lui parut élevé. Des modifications pourraient être envisagées afin de réduire le coût de la construction. Quoi qu'il en soit, le concept la séduisait. Avec ce qu'Angie avait déposé à la banque, à son nom, et les droits qu'elle percevait, elle pouvait tranquillement envisager le chantier.

Il y avait bien longtemps qu'elle n'avait pas assisté à un spectacle qui regroupait le tout Paris. Cette soirée à l'Opéra revêtait les allures d'une fête d'exception. Espace hors du temps, à la fois magique et fascinant, pour lequel elle se devait de se vêtir avec raffinement. Elle avait accentué son maquillage et enfilé une robe qu'elle venait de s'offrir. D'un écrin qui reposait dans le coffre, elle sortit un collier dont la sobriété mettait en valeur la pureté d'un diamant qui brillait d'un éventail de couleurs. Elle enleva la housse du manteau de fourrure noire. Le froid mordait en ce mois de février 1979. Elle s'observa dans le miroir et, cette fois-ci, ce fut bien sa propre image qu'il lui renvoya, une image qui lui plut.

Les rappels se succédaient : le spectacle avait largement répondu aux attentes des mélomanes. Puis le rideau s'abaissa pour ne plus se relever. La salle se vidait, calmement, au rythme des premiers commentaires respectueusement étouffés comme pour prolonger la magie du spectacle.

Sur le parvis, les groupes se constituaient, s'attardant pour détailler et échanger leurs impressions. Mathilde se retrouvait seule au milieu de cette foule. Elle ne pouvait que taire ses sentiments rares et forts, son enthousiasme qu'elle aurait aimé exprimer. Il n'y avait personne pour se joindre à elle, partager ses élans, l'écouter, tout simplement. Après de semblables moments, le besoin de partager devenait impératif. Garder pour soi toutes ces émotions, ne pas pouvoir les libérer réveillait une situation de malaise profond qu'elle ne parvenait toujours pas à maîtriser.

Tous ces gens, qui l'entouraient et qui l'ignoraient, l'agressaient. Il lui fallait fuir ce désert humain. Alors que du regard elle cherchait un taxi, elle l'aperçut, souriant, décontracté comme elle ne l'avait jamais vu. Elle crut avoir une hallucination, mais c'était bien lui, vêtu d'un long manteau noir impeccable, dont le col ouvert laissait entrevoir un nœud papillon sur un col blanc. Une femme avait glissé sa main sous son bras, d'un geste naturel. Serge et cette inconnue devisaient tranquillement, avec complicité.

Un élan de folle jalousie s'empara d'elle. Il ne s'agissait pas d'un sentiment amoureux contrarié. Non ! Elle était simplement sous l'emprise d'une violente exaspération : il offrait à une autre la compagnie dont elle était privée. Elle se retourna vivement, elle ne voulait surtout pas qu'il s'aperçoive de sa présence.

Elle s'enfuit presque comme une voleuse. Pendant le trajet qui la ramenait rue Murillo, elle réussit à échanger quelques mots avec le chauffeur du taxi. C'était toujours mieux que rien. L'indifférence, l'anonymat, ce poison qui tuait à petits coups, « un peu de haine, un peu d'amour, mais quelque chose » !

Une fois rentrée chez elle, la magie des lieux s'empara de nouveau d'elle, estompant son désarroi. Elle s'enfouissait presque avec volupté dans ce monde secret et accueillant, tel un cocon protecteur qui l'isolait des rigueurs extérieures.

Finalement, elle avait préféré redescendre à Montpellier en avion. Elle emporta quelques pulls, les documents nécessaires à sa future construction, ainsi que deux ou trois petits bibelots qui lui permettraient de créer un lien tangible entre ses logements de Paris et de Clermont.

Avec une certaine tristesse, elle tourna la clef dans la serrure et ouvrit la grille de l'étroit ascenseur. Elle venait à peine d'y caser sa valise lorsque la sonnerie itérative du téléphone la fit sursauter. Elle se précipita, se doutant bien qu'elle arriverait trop tard. À part son père ou sa fille, ainsi que quelques très rares relations d'Angie, personne ne connaissait son numéro.

Elle avait à peine pénétré dans les lieux que l'appareil s'était tu. Pour se tranquilliser, elle appela son père qui lui affirma ne pas avoir essayé de la joindre. Le temps avançait, il lui fallait partir. Elle contacterait sa fille lorsqu'elle serait arrivée.

Cependant, cet appel l'intriguait. La maison de disques qui produisait Angie avait évoqué cette technique révolutionnaire, celle d'un nouveau support créé selon une méthode optique, le disque compact qui devait supplanter le vinyle. Elle l'avait informée qu'elle envisageait la reprise des plus grandes interprétations de la chanteuse, ce qui devait entraîner des revenus confortables. Pour l'instant, on n'en était qu'aux prémices et elle reprendrait contact avec Mathilde, le moment venu. En outre, un dimanche, un appel ne pouvait pas avoir un caractère professionnel.

Une fois de plus, cette routine qu'elle redoutait tant s'infiltrait dans son quotidien. Toutefois, depuis qu'elle avait commencé à écrire, elle observait différemment toute chose, depuis la moindre des couleurs, la réverbération du soleil, les bruits qui lui parvenaient... en fait, tout ce qui croisait son chemin et qui trouvait dorénavant en elle une dimension nouvelle. Elle prenait le temps de détailler et faisait une analyse approfondie et contradictoire du moindre événement.

En ce début de mars 1979, le temps était triste. L'hiver résistait et le vent malmenait les fleurs blanches des amandiers. Dans cette morosité ambiante, alors que chacun avait regagné son domicile et que la nuit imposait son silence et son obscurité, Mathilde replongeait dans sa léthargie solitaire dont rien n'arrivait à la tirer : peur insondable de ce sentiment d'être à côté des autres et non pas avec eux. Le sommeil lui venait difficilement. Au matin, avec la lumière du jour, tout reprenait naturellement sa place, les fantasmes et les appréhensions nocturnes disparaissaient.

Ce dimanche, elle avait accepté l'invitation à déjeuner de Denise. Même si elle gardait une rancœur inavouée vis-à-vis de cette femme, elle devait admettre que sa tante avait raison. Finalement, son père avait quelqu'un pour veiller sur lui. Elle pensa amèrement, en son for intérieur, que même les personnes du troisième âge parvenaient à refaire leur vie, tandis que, le néant l'envahissait.

Elle en arriva à se poser la question essentielle, voire existentielle, de savoir à qui en revenait la faute et dut reconnaître qu'elle avait sa part de responsabilité dans cette situation. Elle s'était perdue à n'exister que dans le regard de l'autre, ce regard dont Pierre l'avait privée. Ce sentiment de solitude qui continuait à l'envahir ne constituait-il pas un effet repoussoir pour les autres ? En fait, ne cherchait-elle pas refuge dans l'isolement ?

Une idée folle lui traversa l'esprit. Elle esquissa un sourire. Entre le Club Med et les annonces du *Nouvel Obs*... Mais elle se voyait difficilement afficher sa quête sentimentale...

À peine arrivée, elle nota une jovialité quelque peu inhabituelle. Denise se montrait loquace et son père affichait une étonnante décontraction. Du four s'échappaient les arômes riches et appétissants de la croustade d'un ragoût d'escoubilles, l'un de ses plats favoris que l'on ne cuisinait plus qu'en de rares occasions. Mathilde regardait le couple qui échangeait des coups d'œil de connivence. « Ils ne vont quand même pas m'annoncer qu'ils se marient » se surprit-elle à penser, un pincement douloureux au cœur.

Alors qu'ils venaient à peine de passer à table, son père prit la parole :

— Voilà, nous avons quelque chose à te dire.

Mathilde frémit : dans son esprit, il ne pouvait y avoir que cette union.

— Puisque nous construisons une nouvelle vie, nous avons décidé, Denise et moi, d'acheter une maison en commun et de quitter celles où nous avons, chacun de notre côté, vécu jusqu'alors.

André s'interrompit comme pour attendre une réaction de la part de sa fille. Cette dernière s'attendait si peu à cette situation. Quitter ce domicile où il avait établi son foyer, où sa mère avait vécu, le transmettre à des mains étrangères et déchirer ainsi un passé pour se tourner vers un monde anonyme, tout cela lui paraissait irréaliste.

— Il n'est pas question de vendre ici. De toute façon, la pharmacie est déjà en location. Je vais faire de même pour la maison. Avec les revenus, je pourrai payer sans problème ma part de traites. Denise va faire pareil de son côté.

Mathilde cogitait très vite. De quel droit interférerait-elle dans la vie de son père ? Pourtant, la perspective de ne plus pouvoir revenir dans ce nid d'enfance, de ne plus y retrouver tout ce qui avait jalonné sa vie, ses repères, jusqu'à ce qu'elle n'en parte, de ne plus respirer ces odeurs de jeunesse, la touchait plus profondément qu'elle ne l'aurait supposé. Une fois de plus, elle avait l'impression de se couper de ses racines.

— Sans compter que mes articulations se font vieilles et que les marches me deviennent de plus en plus difficiles. Nous avons trouvé une maison qui nous convient, tout en rez-de-chaussée.

Ce dernier argument était de poids et toucha Mathilde qui avait oublié la fragilité qu'apportaient la vieillesse et son irréversibilité.

— Je ne prendrai que quelques meubles, mais, si tu souhaites emporter quelque chose, ne t'en prive pas ! Choisis d'abord ! Ce qui restera ira au grenier. Nous n'allons pas nous en séparer. Surtout que si un jour tu envisages de faire construire quelque chose sur ton terrain du Var…

Mathilde n'avait pas encore évoqué auprès de son père cette future construction, tout en haut du Recours. Alors, pour ne pas être en reste et pour leur prouver qu'elle aussi pouvait avoir des projets, elle leur parla des plans qu'elle avait rapportés de Paris. Au fur et à mesure des détails, elle s'aperçut que sa villa devenait réalité.

De retour dans son logement sous les toits, son esprit vagabondait par-delà la découpe sombre de la Ramasse, sur un ciel d'hiver terne et gris. Projets et espoirs : deux mots complémentaires qui gommaient une parcelle de plus de ce mal qui lui avait apporté un si étrange sentiment de manque. Deux simples mots qui, avec l'ombre du soir, se développaient et grandissaient au point d'envahir et de s'approprier les lieux, tandis que, demain, dès le matin, la grande lumière du jour les disperserait. À présent, il lui semblait qu'elle était en train de se créer ses propres racines.

Le jour déclinait rapidement. Mais, ce soir, l'isolement désolant de la nuit n'avait pas prise sur Mathilde. Elle ne redoutait plus le silence envahissant et pesant. Léger, assuré, son stylo courait sur la feuille, annihilant le temps et instillant l'oubli et le rêve. Petit à petit, les pièces du puzzle de sa vie trouvaient une à une leur place.

Cette année-là, Pâques tombait à la mi-avril et les vacances scolaires ne débuteraient que quelques jours auparavant. Il lui fallait encore attendre près de deux mois avant de retourner dans le Var et d'entreprendre la concrétisation de son projet. Une certaine fébrilité habitait Mathilde depuis qu'elle avait arrêté sa décision.

Dorénavant, son père menait une vie où elle ne pouvait que jouer la visiteuse. Elle n'avait donc plus guère de raison de rester à Clermont. Pourtant, elle hésitait encore. L'idée de s'installer dès la fin de l'année scolaire, pour de bon, à Saint-Maximin, la titillait. Elle se retrouvait face à une nouvelle remise en question qu'elle tempérait. Cependant, elle comprenait que, tôt ou tard, elle partirait.

Son père et Denise, quant à eux, devaient emménager dans leur nouveau domaine, au tout début de mai. Aussi décida-t-elle de se plonger rapidement dans l'univers secret des souvenirs qui gisaient au grenier et de déballer ces fragments de vie qui la ramenaient vers l'enfance.

— Je te l'ai déjà dit : tu prends tout ce que tu veux. D'autant plus qu'après ce sera difficile d'y revenir, lorsqu'il y aura des locataires, lui avait répété son père.

Émue, elle s'engagea précautionneusement dans l'escalier de vieux bois dont les marches craquaient sous ses pas. Elle frissonna en fixant la grosse poutre centrale où Angèle avait décidé de détruire sa vie. Le malaise ne dura que quelques secondes. Elle éprouvait un étrange mélange de sensations : une situation à laquelle elle se sentait étrangère et qui avait pourtant décidé de son destin.

Une odeur surannée de renfermé, de poussière dansant en une myriade de paillettes, au travers du rayon de soleil qui s'engouffrait par la lucarne, la saisit à la gorge. Fragrances d'un passé qui lui était indéniablement sien et qui s'imposait. Le fantôme d'Angèle s'était évanoui.

Tout était rangé, organisé dans de grandes malles au dos arrondi, dans des cartons de toutes tailles consciencieusement empilés et marqués. Petits meubles et vieilles armoires avoisinaient. Mémoire reviviscente ; souvenirs qui, à chaque découverte, surgissaient brusquement.

Bien sûr, elle s'était posé la question de l'entreposage de ce qu'elle souhaitait prendre. Ce n'était pas dans son petit appartement de Clermont qu'elle pourrait entasser le moindre mobilier. Par contre, sa tante lui avait d'emblée proposé de tout emmagasiner dans son garage. Et son projet de s'installer très prochainement à Saint-Maximin prenait corps un peu plus chaque jour.

Elle s'arrêtait devant chaque caisse, chaque valise, chaque emballage, ouvrant précautionneusement quand l'étiquette lui était évocatrice. Elle aurait aimé pouvoir emporter bon nombre de ces objets qui l'avaient accompagnée, aussi loin que ses souvenirs pouvaient remonter. Cependant, elle devait se raisonner et faire un choix. Elle ouvrait tous les tiroirs, inspectait leur contenu, se glissait avec adresse entre les piles. Elle avait presque terminé son tri lorsqu'elle en arriva à une valise en carton bouilli, dont le noir passé était maculé de poussière. Une étiquette en papier cartonné, marquée d'un « G » était attachée à la poignée. D'abord interloquée, puis émue plus qu'elle ne l'aurait pensé, Mathilde ouvrit précautionneusement le bagage. Subitement, Angèle venait de prendre vie. Elle devenait enfin réalité.

La première chose qu'elle découvrit fut un mouchoir à carreaux plié pour protéger l'objet qu'il contenait : un harmonica d'enfant. Ce petit instrument de musique par lequel tout avait commencé… Presque comme une voleuse, elle l'enfouit précipitamment dans sa poche.

Il y avait très peu de vêtements. Ils étaient usés, passés, tristes. Elle n'osa pas les déplier. Ces habits de misère n'avaient rien de commun avec les tissus précieux qui remplissaient les armoires de la rue Murillo. Sans grande conviction, elle poursuivit son inspection. Elle s'arrêta sur une poupée de chiffon, aux couleurs délavées, et quelques photos que le temps avait fini par coller les unes aux autres.

Deux mondes différents pour deux héroïnes différentes. Elle ne parvenait toujours pas à associer cette enfant à la cantatrice reconnue. Peut-être était-ce elle qui rejetait, à son tour, celle qui n'avait pas voulu d'elle ?

Après avoir refermé la valise, elle s'efforça de chasser ces considérations. Elle avait à peine recommencé son inspection qu'elle sursauta. Un bruit de papier froissé venait d'attirer son attention. Se retournant, elle vit Arlequine, campée sur ses pattes, qui la regardait fixement.

— Désolée, je t'ai peut-être réveillée !

Mathilde avait oublié que la chatte avait élu domicile dans le grenier. Cependant, un bruissement, comme un frou-frou, continuait à se faire entendre depuis le nid d'où venait de s'extraire la bête. Curieuse, Mathilde se pencha sur la couche : une petite boule de fourrure grise et blanche la regardait avec des yeux exorbités de peur. Instinctivement, elle allongea la main pour la prendre. Le chaton lui décrocha un coup de patte griffue.

— Tu ne manques pas de personnalité, toi !

Cependant, il ne fut guère difficile à Mathilde de s'en emparer. Tenant la petite bête contre elle qu'elle calmait par de délicates caresses, elle quitta le grenier.

— C'est pour ça qu'Arlequine voulait toujours aller dans le grenier, conclut Denise qui, regardant Mathilde, poursuivit en souriant : Les chats sont les meilleurs compagnons des écrivains. Vous allez faire une belle paire d'amis !

Ébahie, Mathilde ne protesta même pas. Ce grenier de tous les destins…

— Par contre, il ne doit pas encore être sevré. Il faut le laisser avec sa mère encore quelque temps. Vous le prendrez au retour des vacances. Je vais m'en occuper pour vous !

Mathilde n'avait rien trouvé à redire. Dans les jours qui suivirent, elle revint plus souvent que d'habitude au village. Elle restait interdite devant cette petite chatte qui s'affirmait à la vie et s'imposait, à présent, à elle. Elle commençait à s'y attacher et à lui reconnaître une place dans son existence.

Lorsqu'il s'était agi de lui trouver un nom, celui de Tosca lui était venu tout naturellement. Combien de fois n'avait-elle pas écouté et n'écoutait-elle pas encore la voix sublime de Maria Callas, dans le rôle de l'héroïne de Puccini ? Alors, regardant sa nouvelle petite compagne, si fougueuse et pétillante, ce nom de Tosca s'était imposé à elle.

— Tu es une véritable tigresse comme Tosca l'était !

Le trajet lui était désormais devenu familier. Elle essayait de s'étonner du décor, d'y découvrir quelque chose de nouveau, mais elle n'y parvenait plus guère. Tout semblait immuable, seule elle était différente. Pourtant, ce voyage prenait l'allure d'une aventure, celle d'une nouvelle orientation dans son existence.

Mathilde était excitée à la pensée d'avouer à sa tante son désir de s'installer à Saint-Maximin. Il y avait en priorité la construction de cette maison, puis la perspective de retrouver un emploi, ce déménagement à organiser, un logement provisoire à trouver, etc. Elle aurait aimé pouvoir s'appuyer sur une épaule solide, se laisser guider tandis qu'elle s'épuisait parfois, s'égarant dans des détails qui prenaient d'irréalistes dimensions.

Son père, tout comme Denise, avait approuvé ses projets. Certes, il regretterait de la voir moins régulièrement, mais Denise avait promis qu'ils viendraient lui rendre visite, dans le Var, dès que son installation là-bas le permettrait. Ceci dit, il restait encore le dernier trimestre scolaire pour assurer la transition entre ces deux étapes. Jusqu'à sa propre fille qui avait applaudi à ce chamboulement. D'autant plus qu'Aline envisageait plus que jamais de quitter le Sud et préférait savoir sa mère active, débordant de projets, plutôt qu'occupée à ressasser ce qui n'était plus que débris.

En fait, Mathilde redoutait le verdict d'une seule personne. Elle éprouvait pour Serge un sentiment trouble et indéfinissable. En proie à la jalousie et à la déception, elle cernait mal cet élan qui la poussait vers lui. S'agissait-il d'une réelle amitié ou tout simplement d'une connivence au travers d'un passé dont chacun détenait un pan différent. En tout cas, il faisait dorénavant partie de sa vie, malgré toutes les réticences qu'il pouvait lui opposer.

Elle avait emporté de chez son père le grand album de photos dans lequel se trouvaient les quelques photos d'Angèle. Elle avait d'abord hésité, ne voulant pas priver son père de ses propres souvenirs. Mais celui-ci avait compris et avait insisté :

— Prends-le si tu le souhaites ! Il t'appartient autant qu'à moi et je serai content que tu l'aies.

À peine arrivée chez elle, elle l'avait ouvert. Les souvenirs l'assaillaient, chauds, chargés d'émotion. Par l'intermédiaire de ces clichés, elle revivait les grands moments de la vie de sa famille. Elle en arriva à cette petite qui avait partagé quelques années de leur existence. Elle avait détaillé son visage, à la recherche de la moindre ressemblance avec la femme célèbre qu'elle était devenue et avec elle-même. Décidément, elle n'arrivait pas à se retrouver en elle. Elle en était soulagée. Pourtant, n'avait-elle pas été interpellée lorsque le miroir du hall lui avait renvoyé une image qui évoquait celle de la cantatrice ?

Par contre, elle avait été frappée de voir combien les traits de sa propre fille Aline rappelaient ceux de l'enfant disparue. En fait, Mathilde n'arrivait pas à intégrer le personnage d'Angèle alors qu'elle sentait un lien profond entre elle et Angie. Peut-être justement parce que cette dernière s'était efforcée de faire disparaître ces années d'une douloureuse errance enfantine. On avait tant parlé de l'une et si peu de l'autre… Il lui semblait qu'elle avait affaire à deux personnages bien distincts, alors qu'il ne s'agissait que d'une même et unique personne.

Angie lui était devenue proche presque instinctivement. Il y avait d'abord cet héritage qui l'avait installée dans l'appartement de la cantatrice, dans son intimité, jusque dans les vêtements qu'elle portait. Elle restait sous son regard, au travers de la presse, des pochettes de disques et jusqu'aux photos qui ornaient les murs. Angie était une réalité tandis qu'Angèle restait un personnage onirique et évanescent, échappé d'un mauvais conte.

Henriette fut ravie de savoir que sa nièce s'apprêtait à venir habiter à Saint-Maximin encore plus prochainement que prévu. Son premier réflexe fut de lui proposer l'hospitalité :

— La maison est bien assez grande. On ne se gênera pas et je m'occuperai de toi.

Mathilde s'attendait à cette proposition. Elle ne la souhaitait pas et avait déjà fourbi ses arguments. Bien sûr, l'offre était tentante. Elle aurait pourtant ainsi l'occasion de se retrouver au sein d'un foyer ; cependant, elle avait l'impression qu'elle amputerait cette liberté dont elle commençait à apprécier les avantages. Après tout, entre affranchissement total et partage, il devait bien exister un équilibre.

Son programme était chargé et elle en était ravie. Son premier rendez-vous fut pour l'architecte qui avait dessiné les plans deux ans plus tôt pour Angie. Des métrés et des projets plein la tête, elle prit enfin la direction du Recours.

Avril était lumineux, et tout en haut de la colline, le chemin s'arrêtait sur l'écran lavande du ciel. Le thym fleurissait déjà, mêlant ses touches mauves au vert tendre de ses nouvelles pousses. Les grands pins bruissaient d'un vent léger et des jacassements des pies, qui nichaient au creux de leur feuillage persistant qui se refusait à l'hiver. La nature se réveillait de son engourdissement et vibrait au rythme d'un air encore rafraîchi, mais qui avait définitivement repoussé les derniers soubresauts de ces mois de froidure.

Le même sentiment de plénitude envahissait Mathilde. Oui, son choix était le bon ! Lentement, elle fit le tour de son terrain, s'arrêta devant le futur emplacement de sa maison, imaginant où se trouverait chaque pièce, comme lorsqu'on reconstitue un puzzle.

— Toi aussi, Tosca, tu vas devenir varoise ! murmura-t-elle, se prenant à sourire à l'idée qu'elle parlait à une simple petite boule de poils qu'elle connaissait à peine, mais qui avait désormais intégré son univers.

Comme toujours, elle perdait la notion du temps et pourtant elle redoutait le moment où il lui faudrait redescendre. La crainte se mêlait à son désir de faire un détour par le jas. Elle mourait d'envie de le revoir, mais elle ne pouvait effacer ce désespoir, doublé de rancœur, lorsqu'elle l'avait vu se pencher sur une autre, à la sortie de l'opéra, affichant des sentiments qu'elle ne lui avait encore jamais connus.

Finalement, sans même qu'elle ne s'en rendit compte, elle se retrouva devant le portail de la bergerie, comme guidée par la musique qui s'envolait du tourne-disque. La baie vitrée était largement ouverte, offrant le salon désert à la vue de Mathilde. Liszt reposait sur son fauteuil habituel, sous la pergola. Il leva la tête, remua une oreille, cligna des yeux et reprit sa pose endormie.

Subitement, Mathilde eut envie de fuir cet homme. Elle reviendrait un autre jour, quand elle aurait chassé la confusion qui s'emparait d'elle. Elle s'apprêtait à faire demi-tour lorsqu'elle entendit sa voix sèche et acerbe, derrière elle. Elle faillit le heurter, ne l'ayant pas entendu s'approcher.

— Décidément, je vais croire que je te fais peur. Chaque fois que tu me vois, tu t'enfuis !

Le ton était, à la limite, désagréable et, si ce n'était un petit éclat malicieux au fond du regard, on aurait cru un professeur sermonnant un mauvais élève. Elle sursauta, mais se reprit aussitôt. Il avait le don de l'irriter.

— Je ne vois pas pourquoi… laissa-t-elle passer, les lèvres pincées.

— Si ce n'était pas une fuite, l'autre soir à l'opéra…

Mathilde bafouilla en jouant la surprise, une pointe douloureuse au creux de l'estomac. Qu'attendait-elle de cet homme qui avait pratiquement l'âge d'être son père ? Elle s'aperçut que ce qu'elle éprouvait pour lui n'avait, en tout cas, rien de filial. Une fois de plus le silence, retomba entre eux, dressant un *no man's land* entre les frontières de leur intimité. À chacune de leurs retrouvailles, tout était à refaire.

Ils finirent par évoquer cette soirée d'opéra et, paradoxalement, Mathilde, qui aurait tant aimé partager ses émotions à la sortie du spectacle, n'avait plus envie d'en parler. Elle se montra certes admirative, soulignant volontiers la magnifique performance des interprètes, mais se limita à des appréciations assez laconiques.

Le regard de Serge pesait lourdement sur elle. Il l'observait et cela lui déplaisait. Elle se sentait empruntée, mal à l'aise. Il lui fallait absolument glisser vers un sujet moins délicat. Elle entreprit donc de lui parler de l'architecte, de son désir de venir s'installer à Saint-Maximin. Elle se garda bien de lui préciser la date, toute proche des grandes vacances, arrêtée pour son déménagement.

— C'est bien ! Nous deviendrons donc voisins, l'un de ces quatre.

Mathilde ne supportait plus cette neutralité, cette indifférence, dans le ton de sa voix. Une réaction ! Une critique éventuellement ! Mais quelque chose ! Il fallait qu'elle parte au plus vite, qu'elle s'échappe. Tandis qu'elle s'apprêtait à tourner les talons, il lui demanda d'une voix plus amène :

— Tu reprends les plans d'Angie ?

Désarçonnée par le revirement, elle lui répondit en lui donnant quelques détails. La paix semblait de nouveau s'instaurer entre eux.

— La dernière fois que nous nous sommes vus, elle me les avait montrés, laissa-t-il échapper presque en sourdine.

De nouveau, on aurait cru que le passé l'agressait. Mathilde s'interrogea sur la nature réelle des relations qu'il avait entretenues avec la cantatrice. Après tout, leurs solitudes respectives, tant d'années partagées dans le travail et les émotions, ne les avaient-elles pas rapprochés affectivement, comme deux vieux amants usés de trop d'aventures ?

Machinalement, elle remonta en voiture. Il fallait qu'elle se secoue. Elle se sentait écrasée sous une chape étouffante. Pourquoi se montrait-elle aussi sensible aux réactions de cet homme ? Elle dut s'avouer qu'elle aurait aimé qu'il lui parle avec amitié, s'intéresse à elle, l'écoute et même peut-être plus… « Attention, tu ne vas tomber amoureuse de cet ours ! » se prit-elle à penser.

Quand elle se retrouva en ville, il régnait une atmosphère de fête. On préparait, dans le plus grand respect des traditions, le dimanche des Rameaux. Les foyers s'ornaient des branches d'olivier ou de laurier qui seraient bénies lors de la messe dominicale. Les boulangers et les pâtissiers décoraient leur vitrine des symboliques tiges de bois enveloppées de papier doré, chargées de fruits confits et de friandises. Des corbeilles d'oreillettes frites garnissaient les comptoirs, tandis que des effluves sucrés d'échaudés s'échappaient du fond de leur fournil.

Lorsqu'elle arriva chez sa tante, elle reconnut l'odeur familière des pois chiches qui trempaient. Elle sourit, se rappelant cette tradition qui avait traversé les siècles depuis que des bateaux chargés de ce légume sec étaient arrivés à Marseille, alors que la région connaissait une famine des plus sévères. Depuis cette époque, il était devenu ce mets incontournable qui se retrouvait sur les tables pour le repas de midi, en ce jour des Rameaux.

Elle en oublia son ressentiment pour se retrouver dans le cocon protecteur de l'immutabilité des coutumes ancestrales. Lorsque, la journée terminée, elle se retrouva, seule, dans le silence de la nuit, elle se mit à repenser à ces quelques hommes, trop rares, qu'elle avait pu croiser. Le visage de Pierre se perdait dans le flou, surtout depuis qu'elle avait appris sa nouvelle paternité. Elle ne lui en voulait même plus. Il appartenait désormais à un temps révolu qui ne drainait plus ni haine ni regret. Ce constat la rassura. À présent, elle pouvait entamer sereinement sa quête d'avenir. Elle venait de franchir une étape importante et une porte s'ouvrait de nouveau devant elle.

Par contre, le personnage de Serge s'imposait, déroutant, rarement accessible. Pourquoi perdait-elle ses moyens devant les hommes qui comptaient à ses yeux ?

Les cloches carillonnaient à tout rompre, annonçant leur retour de Rome. Des groupes d'enfants couraient dans les rues, agitant leurs crécelles. Partout, les œufs étaient à l'honneur, attisant les gourmandises. Cette année, Pâques tombait le jour de la Saint-Paterne. Il était coutume d'affirmer que, si ce jour-là « arrivait la saison, la chaleur venait pour de bon ». Or, dès les premières heures, le ciel était légèrement brumeux, la douceur s'affirmait. Une atmosphère d'allégresse régnait sur la ville ; les jardins s'ornaient de couleurs multiples. Bosquets de forsythias, de pommiers du Japon, dominés par les bouquets parfumés des arbres de Judée, au tronc tortueux et sombre. La légende disait que les fleurs de ces derniers représentaient les larmes du Christ et le pourpre, la honte du traître Judas qui se serait pendu à l'une de leurs branches.

Depuis bien longtemps, Mathilde ne s'était pas sentie aussi sereine. Sa semaine avait été active et ses projets prenaient corps. Elle avait emmené l'architecte sur la colline du Recours ; elle imaginait aisément sa nouvelle demeure. Une création, un peu comme cet enfant qu'elle ne pourrait plus mettre au monde. Elle n'était plus retournée au jas. À plusieurs reprises, elle avait eu envie de s'y rendre, mais finalement elle se raisonnait, ne voulant pas être la proie de cet homme dont elle ne savait pas quoi attendre.

Ses vacances touchaient à leur fin. Dans trois jours, elle reprendrait la route vers l'Hérault. C'était l'heure où l'activité de la rue ralentissait, où chacun se retrouvait autour de la table pascale. Puis viendrait l'engourdissement de cette méridienne indispensable pour aborder une nouvelle soirée. Mathilde n'avait pas envie d'y souscrire. Largement occupée par ses différentes démarches, elle avait délaissé l'écriture depuis plusieurs jours et ne ressentait pas le besoin de se pencher sur ses feuillets. Inconsciemment, elle partit en direction du Recours.

L'air était léger, propice à la marche. Elle entreprit d'aller vers l'ancienne carrière. Il y avait bien longtemps qu'elle n'y était pas retournée. Au fur et à mesure qu'elle avançait, le visage de Serge se profilait et s'imposait dans ses pensées. Machinalement, elle suivait à peu près le même chemin que celui qui l'avait conduite, la première fois, jusqu'à Litz.

En fait, tout se répétait, jusqu'aux notes de musique qui s'envolaient depuis le salon du jas, sous les doigts de Serge. Un air inconnu sur lequel il butait et revenait sans cesse, comme s'il était en train de le composer. Oubliant toutes ses appréhensions, Mathilde s'approcha.

Elle l'observait tandis qu'il rectifiait des notes sur sa portée, entièrement absorbé par son travail de création. Finalement, il tourna la tête vers la visiteuse.

— Tiens, Madame et son passé ! s'exclama-t-il ironiquement en poursuivant : Tu continues à fouiller dans le passé des autres pour y construire le tien ?

Pour une fois, Mathilde n'eut pas envie de fuir, mais de lui tenir tête. Elle était décidée à ne plus supporter son arrogance et son agressivité. Elle estimait ne pas les mériter. En colère comme rarement elle l'avait été sa vie durant, elle répliqua. Le ton monta vivement. Avec hargne, sa raison s'envola. Ses souvenirs étaient beaux, il ne pouvait probablement pas en dire autant pour jouer les atrabilaires comme il le faisait. Il lui répondit avec des accents de violence dans la voix. On aurait dit qu'elle déversait, à son encontre, ce trop-plein de rancœur et d'exaspération qu'elle avait amassé depuis des mois.

À les entendre s'époumoner, le chat s'était enfui. Ils étaient tout proches l'un de l'autre, face à face, les yeux dans les yeux, comme deux coqs de combat qui se toisent. Mais, telle une avalanche qui se brisait sur ce qu'elle cherchait à atteindre, leur emportement s'émoussait.

Avant que Mathilde ne comprît ce qui lui arrivait, elle se retrouva dans les bras de Serge. Une sensation de chaleur la submergea. Leur fougue n'avait plus rien d'une querelle et elle s'abandonna contre lui. Alors qu'ils étaient toujours enlacés, il la conduisit jusque dans sa chambre sans qu'elle ne lui opposât la moindre résistance. À l'impétuosité succéda une tendresse infinie, insoupçonnée, dont elle avait depuis longtemps perdu la saveur. Paradoxe de cet être rude aux gestes devenus si délicats, si prévenants, si surprenants. Elle aurait aimé que le temps s'arrêtât sur cette parfaite plénitude.

Il n'y avait eu aucun mot tendre, seulement des regards emplis d'émotion, des soupirs. Pudeur, méfiance ou tout simplement absence d'amour de sa part à lui ? Ce fut presque brutalement qu'il rompit le charme en lui rappelant que l'heure du dîner approchait et qu'elle devait être attendue. Elle en avait oublié le ton abrupt qui lui était habituel. Elle perçut sa remarque presque comme une sentence qui concluait ces moments d'oubli sur un ordre de départ.

Mathilde flottait dans un monde irréel, le cœur malmené et ballotté entre la crainte d'une déception et le bonheur d'un amour espéré. Tandis qu'elle regagnait sa voiture qu'elle avait garée en bas du Recours, les ombres commençaient à s'allonger ; un ultime rayon doré sabrait le chemin ; le jour renâclait à s'éteindre pour laisser la place au monde de l'obscurité et de ses fantasmes.

Les cheveux défaits, les joues rosies d'un émoi qui ne se dissipait pas, elle répondit distraitement à sa tante qui l'interrogeait sur sa journée. Tout au long du repas, Mathilde observait Henriette, la douceur de ses pommettes, son sourire rassurant, les rides d'un vécu avec ses joies et ses peines, des traits peut-être sans originalité, mais qui reflétaient la tranquillité, la bienveillance, affirmant une vraie solidité. Pourtant, elle aussi avait connu la souffrance, mais cependant elle vivait avec au cœur cette paix à laquelle aspirait tant Mathilde.

Comme toujours, la folle du logis s'empara d'elle alors qu'elle s'abandonnait au sommeil. Bientôt, une question revint en leitmotiv, perturbante, déstabilisante, rompant le charme de cet élan qui les avait réunis. Avec qui avait-il fait l'amour, pour l'avoir repoussée aussi rapidement ? À qui pensait-il pendant qu'il la tenait dans ses bras ? Au plus profond d'elle-même, un poison insidieux instillait le doute. De nouveau, elle retrouva cette peur qui l'avait accompagnée ces deux dernières années, mais qui, à présent, revêtait des accents de colère. Il n'était pas question qu'elle se fourvoie. Son besoin d'amour ne devait pas occulter sa lucidité.

Le sommeil la fuyait dans cette nuit lourde et profonde. Elle répétait la scène où elle l'interrogerait sur ses sentiments. Les mots lui venaient aisément, de même que l'audace. Désormais, elle n'accepterait plus de se laisser manipuler.

Le jour s'était levé, clair et lumineux. Les toitures dissimulaient encore le soleil. Le cœur de la ville battait encore paresseusement. De la cuisine s'échappaient les arômes d'un café fraîchement préparé et les effluves alléchants du pain tout juste sorti du four du boulanger. Cette dernière journée de vacances s'annonçait belle.

Mathilde avait tout oublié du beau discours qu'elle avait préparé la veille, à l'intention de Serge. En fait, si elle n'avait pas entièrement chassé les craintes qui l'habitaient, elle prenait à présent bien du recul, les relativisant considérablement. « Quel cinéma je me suis fait hier soir ! » ne put-elle s'empêcher de penser. Le jour avait, une fois de plus, balayé ses démons de la nuit.

La matinée passa rapidement. Comme deux écolières qui vivaient leur dernier jour de vacances, Mathilde et Henriette se montraient peu bavardes. Le déjeuner se déroula dans le plus grand calme, à peine ponctué de quelques banalités. Un voile de nostalgie semblait planer. Puis, tandis que Mathilde débarrassait la table, comme tous les jours, la vieille dame s'installa sur son canapé, devant son poste de télévision, avant de sombrer dans une sieste réparatrice.

Les rayons du soleil frappaient encore droit sur un monde engourdi. Assise sur le rocher de granit gris qui dominait son terrain, Mathilde observait le vol incessant et éperdu des papillons dans l'infinie profondeur de ce ciel limpide de début d'après-midi. Un peu en contrebas, les pins élancés dessinaient leurs silhouettes noires.

Encore deux mois et les grands arbres résonneraient du concerto des multiples et si éphémères cigales qui se hisseraient le long de leur tronc. Punition divine devenue ce merveilleux opéra naturel propre à cet art de vivre méridional… Tout était arrivé il y avait fort longtemps, alors que des anges visitaient une Provence endormie par la chaleur et le soleil. Les jardins n'étaient guère entretenus et la friche envahissait les champs délaissés. En cette saison de plomb, les hommes ne travaillaient qu'un peu au lever du jour et le soir à la fraîche. Dieu, averti et courroucé, décida alors de créer un insecte « tabourinaire », qui se dissimulerait dans les pins et qui diffuserait de stridentes et entêtantes notes, empêchant ainsi les Provençaux de s'oublier dans un sommeil infructueux. Ainsi naquit cette cigale qui, dès la mi-juin, chantait la gloire des grands beaux jours d'été.

Il semblait à Mathilde que le temps stagnait dans une parfaite plénitude. Les yeux perdus dans des essaims d'immatérielles bulles de lumière, elle laissait vagabonder son esprit, entre légende et rêve, au gré des fraîcheurs sucrées qu'un vent léger levait de la terre. La prochaine fois qu'elle reviendrait ici, les cigales offriraient leur opéra de séduction, affirmant leur plaisir de vivre sous la chaleur d'un soleil franc et généreux. Peut-être aussi chanteraient-elles à la gloire d'Angie, cette cigale tout aussi éphémère qui avait choisi de venir vivre auprès d'elles ?

Au fur et à mesure qu'elle s'approchait de la bergerie, l'appréhension la gagnait. Ses questions de la nuit remontaient, perturbant cette belle harmonie qui l'avait habitée tandis qu'elle rêvait à cet allegro des cigales. Elle essayait de repousser ses pensées dubitatives et s'amusait devant cet état de midinette qui certainement étonnerait, pour le moins, sa fille.

Quand elle parvint à la bergerie, il était affairé sous la tonnelle. Il leva la tête, mais ne bougea pas de sa chaise en fer forgé et revint à son occupation.

— Je me demandais si tu allais quand même venir me voir avant de partir, lui lança-t-il du ton qui lui était habituel.

Mathilde s'attendait à tout, sauf à une telle indifférence. La déception s'empara d'elle tandis que la rage montait, ravivant toutes ses craintes nocturnes. Il ne fallait pas qu'elle perde le contrôle de ses réactions. Son ton adopta la même neutralité.

Finalement, il se décida à poser son ouvrage et, se levant, il s'approcha lentement d'elle. Alors qu'il s'apprêtait à la prendre dans ses bras, Mathilde dut se retenir pour ne pas reculer d'un pas. Elle n'arrivait pas à s'abandonner. Il fallait qu'elle se décide à parler. Elle s'écarta légèrement, évitant de le regarder dans les yeux.

— Il y a un problème ? l'interrogea-t-il, surpris de son attitude.

Mathilde protesta et bafouilla quelques mots à peine audibles.

— Bon, ça va ! Pardonne-moi pour hier ! J'aurais dû comprendre que c'était sans lendemain, lança-t-il, amer.

Mathilde se ressaisit. Le moment était venu de parler, de lever tout quiproquo, et tant pis si cela devait s'avérer douloureux !

— Écoute ! J'ai besoin de comprendre ce qui est arrivé hier entre nous. Je veux savoir ce que je peux attendre de toi. À qui pensais-tu pendant que j'étais dans tes bras ? À moi ? Ou était-ce à Angie que tu faisais l'amour ?

Serge resta interloqué, mais se reprit après quelques instants d'un silence pesant.

— Ce que tu peux être compliquée ! Je ne vois pas ce que vient faire Angie là-dedans. Angie avait le talent. Elle possédait un don et moi je maîtrisais la technique. Nous étions complémentaires, complices, mais si peu amis, finalement. J'étais le professeur, elle était mon élève. Pendant toute notre carrière commune, je ne l'ai jamais regardée comme une femme, mais comme une cantatrice.

Il s'arrêta, gêné par le souvenir de cette unique fois où il l'avait considérée comme une femme, justement : cela avait eu de si lourdes conséquences ! Puis il poursuivit :

— Lorsqu'elle s'est écartée de la scène, se sachant malade, elle s'est enfin un peu livrée. La mécanique se brisait et la femme se découvrait petit à petit. Avant toute chose, Angie était une chanteuse d'opéra. C'était sa principale motivation dans la vie. Ses interprétations, les personnages auxquels elle s'identifiait avec tant de talent et de travail, ses contrats, la reconnaissance du public. Une remarquable mécanique, dotée d'une volonté incroyable. Son métier était devenu sa raison de vivre ! Il n'y avait rien de féminin en elle, si ce n'est son apparence. Non, il n'y a jamais rien eu entre elle et moi. Seulement une amitié née très tardivement…

Et il rajouta, reprenant son habituel ton grave et lapidaire :

— À toi de savoir ce que tu veux !

En cet instant, Mathilde savait parfaitement ce qu'elle voulait. Elle se sentait gagnée par ce quelque chose d'indiscernable, mais d'essentiel, ce pressentiment du renouveau, cette sorte de sortilège, cette vague qui la soulevait tout entière pour l'inonder d'harmonie et de plénitude où les mots silencieux s'élevaient avec l'espoir.

La tête tournait à Mathilde, comme un peu ivre. Elle n'eut guère de mal à rassurer Serge. Tendrement rapprochés l'un de l'autre, ils s'exprimaient à voix basse comme par peur de briser l'harmonie ambiante. Pour la première fois, les projets arrivaient, simples, de ceux qui remplissaient un quotidien fait d'échanges.

D'un geste lent, le regard apaisé, il tendit à Mathilde une enveloppe vierge :

— J'ai quelque chose qui te revient. Lorsque Angie me l'a confiée, elle m'a dit qu'un jour, je saurais à qui la remettre.

Bien sûr, il avait cherché à en savoir davantage, mais Angie lui avait alors rétorqué :

— C'est ma vie. Peut-être que tu ne rencontreras jamais son destinataire. Cependant, j'en doute. Puisque je ne serai plus là, je m'en remets à toi. Il t'appartiendra de juger si tu dois lui remettre ou non ce pli.

Tout se brouilla soudain devant Mathilde. Elle en arrivait au point final de sa quête. Elle gardait les yeux rivés sur ce papier qui lui brûlait les doigts.

— Allez ! Ouvre-la ! insista Serge.

Tremblante, elle en sortit une lettre et reconnut aussitôt l'écriture appliquée de la cantatrice. Elle savait déjà que ces quelques lignes resteraient à jamais gravées dans sa mémoire, dans son cœur, jusque dans sa chair.

Mathilde, mon enfant,

Je ne cherche pas ton pardon à travers cette part d'héritage qui te revient tout naturellement. Je ne cherche pas non plus d'excuses, je voudrais simplement essayer de t'expliquer.

Je ne suis pas née avec l'amour. Il m'a toujours été refusé. Peut-être l'ai-je mal cherché... Alors, comment aurais-je pu te donner quelque chose qui m'était inconnue ?

Par contre, je voudrais que tu saches : ce n'était pas un acte d'abandon, mais un renoncement.

Je connaissais les qualités de cœur de ceux qui ont été tes véritables parents et je sais qu'ils t'ont donné le meilleur d'eux-mêmes.

Ma vie n'a pas été triste. Grâce à eux, j'ai vécu l'amour en m'identifiant aux personnages que j'interprétais.

Ta pensée m'a suivie tout au long de ma vie. Mais il n'était pas question qu'au nom d'un prétendu instinct maternel, ou d'un besoin vaniteux de reconnaissance, je vienne perturber l'harmonie d'un foyer où tu as grandi heureuse. La voix du sang ne signifie pas grand-chose, comparée à celle du cœur. Aussi, quels que fussent mes interrogations et mes élans, je n'ai plus eu qu'à les taire.

Tes parents sont des êtres généreux, garde-leur intact ton amour ! Je t'ai donné la vie, mais ce sont eux qui t'ont appris à vivre.

Je t'en prie, n'en veux à personne !

Pour une fois dans mon existence, qui s'achèvera d'ici peu, j'aimerais conclure cette missive en m'adressant à toi au nom de cette mère que j'aurais dû être.

Je t'embrasse,

Ta maman inconnue

Mathilde ne chercha pas à essuyer les deux grosses larmes qui glissaient lentement sur ses joues. Elle tendit la lettre à Serge, comme une offrande. Au fur et à mesure qu'il avançait dans sa lecture, l'émotion gagnait son visage. Quand il eut terminé, il attira Mathilde contre lui et lui murmura doucement :

— Tu veux qu'on en parle ?

Il acceptait enfin de livrer sa part d'histoire, au risque de réveiller des moments douloureux, mais, à présent, ceux-ci lui paraissaient si lointains. Il lui offrait là une preuve de son amour. Pourtant, elle lui répondit d'un simple :

— Non, plus tard !

Mathilde se sentait soulagée, libérée des doutes liés au fait qu'elle avait été rejetée à la naissance. Cependant, sous le coup d'une profonde émotion, elle avait juste besoin d'un peu de temps pour aborder plus sereinement le parcours de cette femme qui avait « renoncé » à elle.

Les grandes vacances approchaient. Les journées défilaient, bousculées par les nombreux préparatifs qu'impliquait le déménagement de Mathilde. Toutes les pièces du puzzle de sa vie s'organisaient, trouvaient enfin leur place pour reconstruire un tableau différent de l'original. Elle quitterait l'Hérault avec une légère pointe de regret d'y laisser son amie, une parentèle maternelle, ainsi que des lieux qui avaient accompagné son enfance.

Même son père avait délaissé le village pour s'installer avec Denise à l'entrée de Clermont. La solide maison, recouverte de crépi clair, qui abritait ses souvenirs, ne lui était désormais plus ouverte. Elle venait d'être louée et les futurs locataires s'y installeraient dès le début de l'été.

Le départ de Mathilde ne correspondait pas à un adieu, car elle reviendrait de temps à autre rendre visite à son père, mais il représentait indéniablement une rupture avec ce monde d'antan. Elle n'était même pas déroutée par ce présent qui ne faisait que commencer et qui s'annonçait si différent.

Aline non plus n'avait formulé d'objection lorsqu'elle lui avait annoncé son départ si proche. En fait, elle était en rébellion avec son propre père, surtout depuis qu'elle avait appris la naissance d'un petit frère. Sur les instances de Mathilde, elle avait obtempéré et avait rendu visite à la nouvelle famille. Par contre, elle n'avait pas supporté les gestes que Pierre réservait au nouveau-né : il le couvrait d'un amour débordant et éclatant, et la prenait à témoin, alors que son cœur filial se tordait sous les affres de la jalousie. Elle qui avait tant admiré ce père…

La vulnérabilité de sa fille surprenait Mathilde et la peinait, surtout. En fait, leur tempérament différent et le lien fort qui les unissait permettaient à chacune d'aider l'autre dans ses moments de défaillance.

Aline avait accepté avec joie la proposition de Mathilde de passer quelques jours ensemble à Paris, avant son départ vers les États-Unis où, une année durant, elle suivrait les cours d'une université dans le cadre de ses études. Apparemment, les relations semblaient tendues entre elle et son compagnon qui, lui, avait choisi une destination plus européenne pour effectuer son stage. La perspective de cette escapade entre femmes raviva l'enthousiasme d'Aline.

Mathilde allait enfin trouver le moment opportun pour lui avouer le lien qui les unissait, toutes deux, à Angie Simon. Elle lui raconterait tout, lui montrerait la lettre remise par Serge et cette feuille de cahier trouvée dans le coffre, la première fois qu'elle l'avait ouvert. À présent, elle était certaine que les quelques lignes, qu'elle portait, lui étaient destinées. Elle vibrait déjà à la pensée de ces moments précieux que représenterait le partage de ce secret.

Une idée soudaine lui traversa l'esprit. Elle esquissa un sourire. Aline chercherait peut-être à contacter la fille officielle d'Angie, lors de son séjour aux États-Unis. En tout cas, si tel était son souhait, elle lui fournirait, sans réticence, les coordonnées de Maître Corks, l'avocat new-yorkais.

Par l'intermédiaire d'Henriette, Mathilde avait trouvé une location sur la route de Bras, à la sortie de Saint-Maximin. Quant au trop-plein de meubles, il s'entassait dans le garage de sa tante en attendant de trouver sa place dans la future maison dominant la ville.

Dans l'immédiat, les derniers cartons s'empilaient un peu plus chaque jour, encombrant le petit appartement de Clermont, pour le plus grand bonheur de Tosca qui vivait dorénavant aux côtés de Mathilde et qui trouvait là un incomparable terrain de jeu.

Serge lui téléphonait régulièrement et la tenait informée de la progression des travaux, en haut de la colline du Recours. Il ne s'attardait jamais au téléphone. Il aimait peu cet intermédiaire impersonnel qui bridait encore un peu plus son expansivité déjà très modérée. Parfois, ce manque de mots d'amour frustrait Mathilde. Cependant, ces appels avaient le mérite d'exister et de lui rappeler qu'il l'attendait. Le reste viendrait certainement plus tard.

Elle avait mal réagi lors de l'un de leurs tout premiers appels. Serge avait alors déclaré qu'avoir chacun leur domaine, proche l'un de l'autre, représentait une solution idéale. Elle, qui avait toujours vécu en couple, s'attendait à ce qu'ils envisagent une vie commune. Elle n'avait pas osé riposter et l'avait laissé continuer sur ses projets.

— Nous serons voisins. On pourra se voir comme on le voudra, sans contrainte.

Devant son silence, il avait continué :

— Nous sommes deux êtres créatifs : toi, l'écriture et, moi, la musique. Ce sont deux activités solitaires et nous avons besoin de notre domaine pour ne pas nous gêner.

Il lui avait affirmé qu'il ne pouvait plus se passer d'elle. Malgré tout, elle eut l'impression de se voir attribuer un second rôle. Elle se maudit de lui avoir faussement avoué qu'elle se consacrait à l'écriture. Puis, au fil des jours, elle s'était raisonnée.

Elle cherchait des arguments pour en arriver à admettre cette situation. Depuis qu'elle était séparée de son mari, elle avait pris des habitudes et avait oublié bien des tâches ménagères qu'elle s'était imposées pendant ces longues années de mariage. En outre, une vie à deux, avec un compagnon rivé dans ses habitudes, supposait des concessions qui ne pourraient venir que d'elle et auxquelles elle n'avait plus envie de souscrire. Néanmoins, tout ceci s'avérait peu convaincant.

En fait, elle n'avait pas perçu les craintes de Serge. Cette fois-ci, il se trouvait en proie à un problème qui ne l'avait pas effleuré lors de son mariage avec sa sémillante Italienne. Il redoutait cette différence d'âge entre lui et Mathilde.

Car, s'il avait été d'abord irrité, puis amusé et ému des faiblesses et de l'obstination de Mathilde, à présent, il éprouvait pour elle un sentiment à la fois si doux et si profond qu'il en devenait douloureux. Qu'aurait-il à lui offrir lorsque les ans l'amoindriraient, le plongeant dans une vieillesse implacable et réductive, qu'elle serait encore loin d'aborder ? D'un autre côté, une petite voix intérieure lui susurrait qu'il était encore loin de cette échéance, qu'il leur restait encore de longues années à profiter de ce bonheur qui les attendait et qu'il serait sage de ne pas perdre de temps.

Ce soir-là, elle venait de raccrocher le combiné téléphonique, le cœur encore battant de cette foule de sentiments qui l'avaient assaillie, bousculée. Il lui avait annoncé qu'il montait à Paris. Ses motifs étaient tout à fait justifiés, mais aussitôt le visage de cette femme lui donnant le bras à la sortie de l'opéra s'était imposé à Mathilde. Le souffle court, elle avait fini par lâcher la question qui lui brûlait les lèvres :

— Et tu vas dormir où ?

— En général, je loge chez des amis. C'est l'occasion de se retrouver. Sinon, c'est l'hôtel.

Il perçut certainement la contrariété de Mathilde et ajouta qu'il espérait bien qu'à l'avenir elle lui ouvrirait la porte de son appartement de la rue Murillo. Elle discernait de l'ironie dans sa voix, surtout quand il évoqua, de nouveau, sa fuite après la représentation de *Lulu*, à l'opéra. Car il était bien persuadé qu'elle l'avait remarqué, lors de cette fameuse soirée, alors qu'il attendait, en compagnie d'une amie, que l'époux de cette dernière revienne au volant de sa voiture garée un peu plus loin.

Le visage de Mathilde avait violemment viré au pourpre. Heureusement qu'à l'autre bout du fil il ne pouvait pas voir son embarras. Il l'irritait à lire en elle comme dans un livre ouvert. Elle s'était empêtrée dans les fils pervers d'un mauvais film pour midinette. Il l'avait parfaitement démasquée, guettant même ses réactions, presque comme un père qui surprend son enfant en train de commettre une faute. Comme pour se faire pardonner de l'avoir entretenue dans le doute, il ajouta :

— D'ailleurs, à l'occasion, je te ferai connaître ces amis. J'avais justement essayé de te joindre au téléphone, ce dimanche-là, mais tu étais déjà partie, je suppose.

Pour la première fois, avant de raccrocher le combiné du téléphone, il lui avait enfin avoué qu'il l'aimait.

La nuit s'annonçait belle et profonde, parfumée de toutes ces senteurs et rythmée de tous ces bruissements qui se réveillaient avec l'obscurité. Une fois de plus, Mathilde n'arrivait pas à sombrer dans le sommeil. En fait, elle se complaisait à prolonger ce moment de paix où elle se retrouvait face à elle-même et à ses rêves.

Dans le désordre tiède de ses draps froissés, elle songeait à ce passé, à Pierre. Sa mémoire gommait, par petites touches, le rôle que ce dernier avait tenu auprès d'elle. Elle se penchait aussi sur cette année qui venait de s'écouler. Elle ne souffrait plus de ces mois déroutants qu'elle avait subis et qui s'ouvraient, à présent, sur un avenir dont elle détenait les clefs. Cette solitude tant redoutée lui était devenue liberté et n'avait plus rien à voir avec l'isolement, la rupture avec les autres, qui l'avaient tant obsédée.

Mais ce soir, grâce à cet aveu qu'il lâchait enfin, leur relation s'épanouissait. À deux reprises, il lui avait avoué son désarroi sans elle. Il comptait les jours et espérait que ce besoin de retrouvailles soit aussi fort pour elle que pour lui. Ses trois mots de conclusion, simple petite phrase qui scellait tant de destins – « je t'aime » –, avaient permis de faire comprendre à Mathilde que leurs chemins ne tarderaient pas à se souder définitivement.

Là, au creux de cette chaude nuit de juin, l'espoir s'élevait dans son cœur jusqu'à lui donner envie de pleurer. Demain se dessinerait son histoire, une histoire dont elle tenait les rênes, une histoire suffisamment intéressante pour être racontée au fil des pages. Déjà les mots foisonnaient.

Elle sentit une gêne alors qu'elle remuait dans son lit. Un rai de lune frappait le dessus-de-lit. Elle venait de perturber le sommeil de Tosca qui s'étira de tout son long et se remit aussitôt en boule pour se replonger dans ses rêves. Elle sourit de tendresse devant l'abandon et la confiance de cette petite compagne espiègle, ronronnant à son approche.

Elle avait enfin dépassé l'inquiétude du bonheur.

Cet ouvrage a été imprimé
en août 2012 par

CPI

FIRMIN-DIDOT

27650 Mesnil-sur-l'Estrée
N° d'impression : 114084
Dépôt légal : septembre 2012

Imprimé en France